十九首世界诗歌批评本丛书 "上海高校服务国家重大战略出版工程"资助项目

姜林静　著

德语"音乐诗歌"的艺术

The Art of German Music-Poetry

华东师范大学出版社

·上海·

图书在版编目（CIP）数据

德语"音乐诗歌"的艺术/姜林静著. —上海：
华东师范大学出版社，2021
（十九首世界诗歌批评本）
ISBN 978 - 7 - 5760 - 1875 - 2

Ⅰ.①德… Ⅱ.①姜… Ⅲ.①诗歌评论—德国—近现
代 Ⅳ.①I516.072

中国版本图书馆 CIP 数据核字（2021）第 118667 号

本丛书的出版也获得了复旦大学文学翻译研究中心的支持，
在此一并致谢。

德语"音乐诗歌"的艺术

著　　者　姜林静
策划编辑　王　焰　顾晓清
责任编辑　顾晓清
审读编辑　沈　苏
责任校对　周爱慧
装帧设计　卢晓红

出版发行　华东师范大学出版社
社　　址　上海市中山北路 3663 号　邮编 200062
客服电话　021 - 62865537
网　　店　http://hdsdcbs.tmall.com

印 刷 者　杭州日报报业集团盛元印务有限公司
开　　本　890×1240　32 开
印　　张　11.375
字　　数　251 千字
版　　次　2021 年 8 月第 1 版
印　　次　2021 年 8 月第 1 次
书　　号　978 - 7 - 5760 - 1875 - 2
定　　价　89.00 元

出 版 人　王　焰

（如发现本版图书有印订质量问题，请寄回本社客服中心调换或电话 021 - 62865537 联系）

谨以此书

献给我的奶奶姜婉华

感恩并怀念

她曾为我念过的诗

曾为我唱过的歌

目　录

诗歌精读（19首）

诗歌选读（26 首）

研究文论

德意志音乐的诗性维度

杨燕迪

　　在我看来，"德意志音乐"有一个看似矛盾的深刻特征。一方面，德意志民族发展出了极为深邃而富有思辨性的所谓"绝对音乐"（absolute music），即无需语词和图像的帮忙而具有自足丰富意义的纯器乐体裁——无标题的交响曲、奏鸣曲、弦乐四重奏等器乐重镇——向来是德奥作曲家的"拿手好戏"；另一方面，德意志音乐在攀登音乐艺术高峰的过程中又与文、史、哲等最富精神含量的人文学分支产生了极为深刻的交织性关联——不妨想想德语艺术歌曲的发达和瓦格纳"整体艺术品"的观念与实践。一方是对音乐自主地位和自足意义的"纯粹性"与"绝对性"诉求，另一方则是渴望音乐与人类精神的其他部类和分支达成最亲密的联姻与融合。这种内在张力与悖论（paradox）可能正是音乐中"德意志性"最突出的特点。甚至，正是依靠这种张力的推动，自18世纪上半叶至20世纪中叶（从巴赫至理查·施特劳斯与勋伯格），德意志音乐雄踞世界乐坛领主地位长达两百余年之久。这一过程也正是德意志民族从边缘走向中心并成为"世界大国"的历史时段，尽管这幕大戏的终局是场巨大的悲剧：两次大战的惨败和纳粹的暴行已成为德意志民众最黑暗的记忆。

姜林静博士的这部《德语"音乐诗歌"的艺术》从德语诗歌与音乐的关联这一特别视角展现了德意志音乐的人文含量——或者说，德语诗歌的音乐维度。而且，作者依照历史线索，追溯了自马丁·路德开始直至 20 世纪以来的德语诗歌与音乐之间亲密联姻的文脉，精心选择个案例证，娓娓道来这些"诗配乐""诗入乐"或"诗叙乐"的艺术佳话。从中，读者会深切感知和认识德意志音乐与诗歌产生深度关联的悠远历史和内在纹理，并由此产生再度聆听书中所提到的诸多著名德语艺术歌曲（Lieder）的强烈渴望——那些经由舒伯特、舒曼、勃拉姆斯、沃尔夫和马勒等作曲大家之手而构成的针对德语诗歌名作的音乐读解和诠释，其间包含着多么丰富、精微而细腻的文学内涵与音乐意义！应该感谢林静博士的用心，至少在中文语境中，我们此前似还从未读到过如此细致深入的德语诗歌与音乐联姻的导赏与解析——此书甚至会打开新的窗口和视野，如我个人以前对借鉴音乐形式的诗歌写作、刻画音乐家的诗歌创作以及谈论音乐本质的诗歌思考就知之甚少。相信不论文学读者还是音乐读者，都会从林静博士的这本内容新鲜的书中找到特别的乐趣。

全书最后收录了林静博士留学德国海德堡大学时的导师博希迈尔教授的两篇学术论文。2018 年 10 月的一个夜晚，我应林静博士之邀参与了一次与博希迈尔教授的对谈活动，感触良深。这次对谈的主题是"什么是'德意志'音乐"，记得博希迈尔教授对德意志音乐的诸多尖锐的见解和清晰的理论梳理给我留下了深刻印象，而我对德意志音乐中的"思考性"和"透彻性"也给予高度评价——我本人向来是"德意志音乐"最热切的"拥趸"，在我最喜爱的作曲家中，排首位的当然是德国"3B"(巴赫、贝多芬、勃拉姆斯),其次应是莫扎特(甚至应排在贝多芬之前,还是勃拉姆斯之前?我会有些犹豫!)、舒伯特和马勒——清一色来自"说德语"的国度。我也专门写过一篇短文《德奥音乐的诗哲性》(载《文汇报·笔会》),表达我对德意志音乐中"诗性"和"哲性"品质的由衷致敬。这当然与我的音乐理想有关——我一直认为,音乐远远超越娱乐和官能享受(尽管音乐具有强大的感官性与强烈的感染力),而德意志音乐应是音乐艺术具有精神性和超越性的最有说服力的样本。就此而论,林静博士的这本新颖著作又为德意志音乐的诗哲内涵提供了一份别样的证言。

谨序。

导　论

姜林静

音乐能击退恶魔——《旧约》中，大卫一弹琴，恶魔就离开扫罗，他便舒畅爽快。

音乐能超越死生——古希腊神话中，手持里拉琴的俄耳甫斯在冥王冥后面前深情歌唱，终被允许携着已死的妻子尤莉迪斯离开冥界。

音乐能承载和解——《冬之旅》(Winterreise)最后，经历了黑暗、旷野后的旅人，在同样孤独的风琴师摇动的音乐中，获得了前行的邀请，无论前方是否会是更残酷的严冬。

或许因此，音乐成了语言停止之处的——原初语言，那是圣灵降临时的语言，是所有人都能获得的福音；那是"诗"与"歌"的语言，是天堂里奏起的乐律。

缘起

我与音乐的相遇，远早于文字与绘画。从某种意义上来说，是音乐寻找到了我，自发地依偎到我身上，我不过给予了回应。小时候，父亲常常带我去看画展、听音乐会。不知道为什么，在画的面前我常有一种饱足感,无论面对的是鲁本斯还是米勒,但是在音乐里我却体味到一种缺失感,正是这令人捉摸不透的缺失,让我在聆听同一段音乐上百次以后依旧能感觉到心灵至深处的幸福。

或许,正因音乐的魅力是如此理所当然,我对文学与绘画反倒付出了更多自发的"追寻"。音乐对我来说,是比文字与绘画更纯粹、更崇高的艺术,它带来的甜美、忧伤与痛苦,远远超越了相对而言更具直感的文字与绘画。因此对于我来说,倾听音乐也比阅读文字和欣赏绘画更为神圣。少女时代的我,调皮如一只小鸟,不过一到晚上,我总能安心栖居在一棵幸福的大树上,贝多芬、莫扎特、巴赫是主枝,舒曼、舒伯特、门德尔松是侧枝,还有各种不断生长的细叶与新梢。

直到大学里开始学习德语,文学与音乐之间那座绝美的鹊桥才逐渐在眼前清晰起来,对音乐的炽热之心与对语言的苦苦探寻也终于汇流。那棵茂盛的大树,突然感受到了是什么将它包裹——那是一片开满鲜花的青草地,散发着怡人的芳香。我开始慢慢走进德语诗歌之门,也越来越了解到,要真正浸入德语诗歌就必须聆听古典音乐,要理解德奥古典音乐也必须细读诗歌——不但是艺术歌曲从舒伯特、舒曼到沃尔夫、马勒的流变,也是诗歌从歌德、荷尔德林到里尔克、保罗·策兰的延转。

2009 年,我只身一人到德国海德堡大学念书。这不仅是德国境内最古老的大学,也是浪漫主义时期艺术家的圣地:阿尔尼姆与布伦塔诺在这里一起编著了对德国文学与音乐都意义重大的《少年的奇异号角》(*Des Knaben Wunderhorn*),诗人艾兴多夫与音乐家舒曼都曾在这里学习法学,荷尔德林也在此多年,并在颂歌《海德堡》(Heidelberg)

中称"在我见过的祖国城市中,你是风景最美的一座"。然而,漫长而没有阳光的北方冬日让从遥远南方初来乍到的我感到忧伤与疲惫,整日到处找房子的穷学生如颤抖于黑风中的流浪者。虽然最初的日子天天如临深渊,但我还是硬着头皮去上了导师的课:一个飘雪的晚上,我在大学老礼堂参加了德国当代著名文学评论家迪特·博希迈尔(Dieter Borchmeyer)教授那个学期开设的系列讲座课"浮士德——现代神话"中的一讲。华贵的讲台一角摆放着一架三角钢琴,还未开讲就着实把我震住了。两个小时里,男中音歌唱家格尔哈赫(Christian Gerhaher)、女高音施瓦茨(Silke Schwarz)与钢琴家胡贝尔(Gerold Huber)配合着博希迈尔教授的讲解轮番出场,演绎着不同音乐家根据《浮士德》所谱写的作品。音乐带着甜美的悲伤,在满是天顶画和半身雕像的老礼堂里不断飘旋、上升,让我感到自己在消融,突然就忘却了家乡与异乡间相隔的万水千山。当时对教授的讲解内容还一知半解的我,心中早已溢满超越语言束缚的幸福感,那是音乐带来的最纯净、最深切的幸福,像光芒般刺破乌黑的云层。在海德堡大学的四年多时间,我几乎每周都会去听教授的系列讲座课,每个学期的主题都不同,但无论是什么主题,他的文学课上几乎都有音乐的身影。虽然当时做的博士论文研究与音乐全然无关,但正是在博希迈尔教授的课堂与文字中,我越来越深切地体会到音乐与诗歌这两种艺术形式在德奥文化中的珠联璧合、相得益彰。

度过艰辛又丰盛的"海德堡岁月"之后,我于2014年进入复旦大学德文系任教。我多么希望曾经包裹住自己的那种幸福感,也能被其他年轻的生命所感受到。所以从第一个学期开始,我就试图将文学与

海德堡大学老礼堂

音乐互相交织的授课模式移植到自己的课堂,于是就有了后来的通识教育课"天籁与诗——德奥文学与古典音乐的交互关系",也正是通过这门课程,通过这几年与文字、音乐,尤其是艺术歌曲的日日相伴,才成就了各位眼前的这本书。

本书结构

本书精心选择了 19 首诗歌进行阐释。想要全方位了解德奥诗歌与音乐之间的交互关系,不但要了解这两种艺术的内容和形式,而且也应该对具有代表性的诗人、音乐家以及这两种艺术的本质进行全方位的把握。因此我将这十九首诗分成了四个部分进行详解:

第一部分"歌咏之诗",翻译诠释了 10 首被音乐家谱成歌曲的诗歌。

第二部分"形式的融合",翻译诠释了 4 首借鉴音乐形式创作的诗歌。

第三部分"诗人与音乐家",翻译诠释了 2 首关于音乐家的诗歌。

第四部分"本质的交织",翻译诠释了 3 首诗人谈论音乐及其本质的诗歌。

其中最主要的当然是"歌咏之诗",因为这一部分的诗歌构成了德奥诗歌与音乐中最为独特的宝藏,乐与诗的结合在此绽放了最为耀眼的光辉。在选择译释诗歌时,我故意避开了中国读者已经耳熟能详的一些作品,如《乘着歌声的翅膀》(Auf Flügeln des Gesanges)(海涅)、《菩提树》(Der Lindenbaum)(威廉·缪勒)和《野玫瑰》(Heidenröslein)(歌德),而是尽量选取了不同时期具有代表性且对中国读者来说还相对陌生的作品。

从严格意义上来说,"艺术歌曲"(Kunstlied)开始于 1814 年,也就是还未满 18 岁的弗兰茨·舒伯特创作《纺车旁的甘泪卿》(Gretchen am Spinnrade)那一年。从他开始,诗歌与音乐、人声与伴奏、场景描述与情感表现之间才达到了最理想的平衡。虽然在他之前也有类似莫扎特的《紫罗兰》(Veilchen)这样动人的歌曲,但咏叹调式的旋律反而阻挠了听众的想象。德奥艺术歌曲史上另一个重要纪年是 1840 年,这一年,罗伯特·舒曼与其恩师的女儿——相恋多年的克拉克服百般阻挠后终成眷属,舒曼在这充满磨炼与幸福的一年中如火山喷发般创作了一百多首艺术歌曲。与舒伯特的深沉与内敛不同,舒曼的歌曲中满溢着奔腾汹涌的情意,文字跟随着音乐飞翔、流动、发光。

舒伯特与舒曼,音乐界这两颗奇特之星并非在铁夜中孤独升起,他们诞生于德国文学蓬勃发展的时代:在他们之前,感伤主义诗人克洛卜施托克和克劳迪乌斯赋予了德语诗歌深情的温柔与音调之美,随后,古典主义巨匠歌德与席勒又让德语绽放出前所未有的娇艳花朵,而继他们之后的浪漫主义诗人,从蒂克到诺瓦利斯,从艾兴多夫到海涅,又使这朵花发生了各种形式与色彩上的变形。此外,这也是一个灿烂的翻译时代:古爱尔兰诗人莪相、意大利人彼得拉克、英国大文豪莎士比亚、苏格兰诗人罗伯特·彭斯、英国诗人拜伦等人的作品都被悉数翻译成德文。而这些译诗又被创作为富于高低和明暗变化的艺术歌曲,在德奥的文化土壤中获得了崭新的生命。那个伟大的时代造就了文学与音乐最丰盛的共荣:优秀的诗歌造就了音乐家,为他们提供了取之不竭的谱曲资源;同时,优秀的音乐也承载了诗人的作品,使其更加广为流传。当我们回溯"艺术歌曲"的历史时会发现,舒伯特和歌德、舒曼和海涅、沃尔夫和默里克,这些名字早已融合在一起,正如同爱与哀那般难舍难分。

虽然"艺术歌曲"在德奥音乐与诗歌的交互关系中占据绝对核心的地位,但"诗"与"歌"从一开始就是密不可分地同步发展起来的。从12、13世纪的中世纪宫廷恋歌诗人、吟游诗人,到15、16世纪的名歌手,诗人一直理所当然地兼任着音乐家的职责。例如在最权威的中世纪德语诗歌手抄本《马内赛手抄本》(也被称为"大海德堡手抄本")中,宫廷恋歌诗人福格威德(Walther von Vogelweide)就被画成一个哲思中的骑士,而页角则画着象征他的琴与鸟。

大海德堡手抄本中所描绘的中世纪宫廷恋歌诗人瓦尔特·封·福格威德

因此，正文以 16 世纪宗教改革家马丁·路德的一首圣诗作为开篇：从某种意义上说，这位宗教改革之父也正是现代德语"诗""歌"之父——那是应该并且必须被歌咏之诗。路德创作圣诗主要还是为了让会众能更积极地参与到宗教崇拜中去，让福音不仅仅在讲台上被"宣讲"出来，同时也通过普通会众之口被"歌咏"出来。正是从路德开始，这种"诗"与"乐"的彻底交融才获得了独特的德意志性——它摆脱了宫廷音乐的范畴，却也并不是全然民间性的，而是成为一种聚拢民族心灵的艺术形式，并在接下来的几个世纪中获得了最大程度的发展。

在"歌咏之诗"部分十首诗歌的音乐表现形式上,本书尽量涵盖艺术歌曲的三种基本形式,即分节歌、变化分节歌和通体歌。所谓分节歌,就是每一节的旋律和伴奏都相同,例如本书所选海涅/舒曼的《在娇美的五月》(Im wunderschönen Monat Mai);变化分节歌的总体结构与分节歌类似,只是在某些部分发生旋律或者调性上的变化,例如本书所选威廉·缪勒/舒伯特的《摇风琴的人》(Der Leiermann)、艾兴多夫/舒曼的《月夜》(Mondnacht);而通体歌,则是从头到底都使用不一样的旋律和伴奏,最著名的例子就是歌德/舒伯特的《魔王》(Erlkönig),又或者本书所选默里克/沃尔夫的《致爱人》(An die Geliebte)。此外,除了传统的以钢琴伴奏的"艺术歌曲"之外,本书还选择了为乐队和合唱团所作的《哭唱》(Nänie)(席勒/勃拉姆斯),以及拥有钢琴和人声与交响乐队和人声两个不同版本的《我于此世已经失丧》(Ich bin der Welt abhanden gekommen)(吕克特/马勒)。

诗歌与音乐之间的关系绝不是一条单行道。当荷尔德林在《生命过半》(Hälfte des Lebens)第二段中用五个"w"音无尽拖长了他的哀叹时,即使没有旋律,文字也化身为一首高贵的哀歌了:"Weh mir, wo nehm' ich, wenn / Es Winter ist, die Blumen, und wo / Den Sonnenschein"("悲乎,若冬天来临,何处/ 我能采摘花朵,何处/ 能获得阳光")。而音乐的各种形式,如回旋曲、赋格、摇篮曲、合唱曲、舞曲等,也深刻影响了诗文的节奏与韵律(见"形式的融合"部分);那些伟大音乐家的灵魂,也通过诗句驻留在文字中,并扩展到更为辽阔的天际(见"诗人与音乐家"部分)。

　　此外,本书还选译了二十几首与精读部分相关的德语诗歌,以期帮助读者加深对该部分的理解。

　　尽管从历史、形式和内容等方面进行了诸多考虑,通过短短十九首诗歌也很难完成音乐和诗歌上的纵向梳理。选择诗歌的过程是一个非常主观的内省过程,正如人无法解释为什么自己的声音是柔美的还是粗粝的(声音已是其本质的体现方式之一),我也无法完全说明为何选择的诗歌是此而非彼。

　　在本书的最后,我选译了博希迈尔教授一长一短两篇论文。博希迈尔可以说是当代德国文化界最具跨学科视野的文学评论家之一,其主要研究领域是18至20世纪德国文学与戏剧学。他在德国文学领域早已著作等身,此外也创作了多部关于瓦格纳、莫扎特的专著。年过古稀的他至今依旧活跃在世界范围的学术圈内。在翻译本书中的两篇论文时,我能感受到这些文字背后巨大的知识量和思辨力。第一篇讲述了德国文学与音乐界最沉静如海的两位大师——歌德与巴赫之间的奇妙关系,从史料细节到理论深度,无不令人拍案叫绝。第二篇则详尽分析了克洛卜施托克诗歌中的音乐性,其中几乎涵盖了对德国现代音乐美学的整体梳理,无形之中在理论层面为本书读者提供了最好的引导。

如何打开

　　文字无法代替音乐。再精准、再美妙的文字,都无法完全描述舒伯特、舒曼的音乐究竟是什么。对于不打算亲耳聆听的读者来说,这里的文字至多也不过是隔雾看花；但是对于真正热爱音乐的人来说，本书或许可以开辟一条捷径，可以让他无需饥不择食、狼吞虎咽就能够获得饱足。

因此，这本书的正确打开方式是：配合着文字阅读细细聆听，通过书中的阐释构建每个人独有的解读，透过本书所展开的森林，找到那只在你心中鸣啭的夜莺。因此，无论是专业学者，还是对诗歌与音乐怀着激情的业余爱好者，只要你能在这里找到对幸福的感恩、对悲伤的抚慰，只要你能在这里发现某些世界的启示，能在"诗"与"歌"中追忆我们失去的天堂，那这本书就会成为与你互诉衷肠的朋友。

卡米耶·柯罗：《乡间音乐会》

感谢

我要感谢我的博士生导师博希迈尔教授，如果没有他在海德堡大学开设的那些系列课程，没有他的文字，没有他在我们相识至今十余年间对我的谆谆教诲，我或许不会有勇气成为一名用文字进行探索的学者。

感谢著名音乐学家杨燕迪教授为本书作序，与他的多次深入交流让我更确信，德奥音乐中独特的"诗哲性"以及德语文学中卓殊的"音乐性"，不仅吸引着热爱音乐的文学批评家，也感染着喜爱文学的音乐批评家。

谢谢我的先生，在书桌前陪伴我度过许多长夜，成为这些文字最初的读者。谢谢你总如太阳一般为我升起。

谢谢以不同方式爱着我的母亲与父亲。前者为我搭建了能够安心停靠的一处平静港湾，后者指给港湾中的小舟看世界是多么丰富多彩，鼓励这叶小舟出海远航。

尤其要谢谢我的奶奶，是你为我念了第一首诗，唱了第一首歌，是你教会了我如何去赞叹，去怜悯，如何全心全意去爱。终有一日，我们会在天堂一起读诗、唱歌。

最后，也要谢谢打开这本书的读者。诗，乘着歌声的翅膀，会载你去那美丽的地方。

诗歌精读（19 首）

第一部分

歌咏之诗

Erhalt uns Herr bey deinem Wort

Martin Luther

Erhalt uns Herr bey deinem Wort

Und steur des Bapsts und Türcken Mord,

Die Jhesum Christum deinen Son

Wollten stürtzen von deinem Thron.

Beweis dein Macht, Herr Jhesu Chrsit

Der du Herr aller Herren bist,

Beschirm dein arme Christenheit,

Das sie dich lob in ewigkeit.

Gott heiliger Geist du Tröster werd,

Gib deim Volck einrley sinn auff Erd.

Sthe bey uns in der letzten Not,

Gleit uns ins Leben aus dem Tod.

用你的话语保守我们①

马丁·路德

用你的话语保守我们
抵御教皇、突厥②的嗔恨，
欲将神独子耶稣基督，
从你的宝座残暴扯掳。

证明你的全能，主耶稣
因为你即是万君之主，
请护佑你可怜的信众，
他们便对你万世称颂。

我主啊，圣灵便是慰藉，
赐予尘世众人合一目的。
在困苦不堪时让吾坚定，
领吾脱离死亡进入生命。

注释

① 路德原诗通篇采用"四音步抑扬格双行体"(Knittelvers),并使用简单的邻韵(aabb),译文也尽量还原原诗的诗体形式。

② 这首圣诗的第二行具有明显的战斗性,矛头直指天主教教皇与土耳其。自 15 世纪起,土耳其不断向欧洲扩张,在 16 世纪上半叶与统治中欧的奥地利哈布斯堡王朝屡屡发生战争。

解读

《旧约·撒母耳记上》中记载，有恶魔降临到扫罗身上搅扰他的时候，大卫就在他面前弹琴，于是扫罗就舒畅爽快，恶魔就离开了他。音乐对《旧约·诗篇》作者大卫产生的巨大力量，同样也在马丁·路德身上体现出来。在 1530 年致慕尼黑宫廷乐长路德维希·森福（Ludwig Senfl）的一封信中，路德写道："魔鬼厌恶音乐，也承受不住音乐。我要无愧地坦然表示，除了神学之外，没有一种艺术可以与音乐相提并论，因为只有音乐才能与神学一样，使人获得安宁与喜乐之心。"

从 1523 年开始，这位极富语言天赋的改革家就开始创作第一批圣诗，直到去世前三年。音乐伴随着他从修士到大学教授，从宗教改革家到信义宗创始人。据考证，约有近四十首圣诗出自路德之手，其中约一半的作曲者也是他。

《用你的话语保守我们》这首圣诗于 1541 年出版。路德特别说明这是"一首儿童圣诗，是为了抵抗基督与教会的敌人、反对教皇和土耳其人"而创作的。这首诗歌有很明显的教育目的，因此路德通篇都使用了通俗易懂的质朴语言和朗朗上口的邻韵（aabb），且每行均为四个音步，是典型的"四音步抑扬格双行体"（Knittelvers）。路德身处德语诗歌的一个特殊时代——具有严苛规范的拉丁文学与逐渐发展起来的、力图脱离传统束缚的德语民间文学之间充满张力。与拉丁文学不同，16 世纪的德语诗歌对整齐的音步还没有形成成熟的规范，对抑扬格、扬抑格等也不够了解。路德使用的"四音步抑扬格双行体",在当时具有很强的原创性。不过到了巴洛克时期,这种诗体又被当时的文坛视为不够典雅,太过民间化,直到狂飙突进运动和古典主义时期,这种诗体才被重新推上德语诗歌的主流,尤其是在歌德的《浮士德》中得到了丰富呈现。

另外值得注意的是,路德的原诗共三段,每一段中,诗人呼唤、祈求的对象都很明确。在第一段中,诗人呼唤天父在仇敌面前用圣言保护众信徒。而第二段中,诗人只向圣子耶稣基督祈求护佑。到了第三段中,诗人又恳请圣灵的坚定与带领。路德有意识地选择了三段的结构,清晰形象地通过圣诗向普通信徒,尤其是孩子展现"三位一体"的教义。路德在三段中还使用了不同的动词,表明上帝的三位一体性:第一段中的天父是基石,是"保守"者、"抵御"者;第二段中的圣子是救赎的"证明","护佑"着羸弱的信众;第三段中的圣灵是"安慰"者,"带领"信徒进入永生真理。然而16世纪后期出现了对这首圣诗的各式改编,在种种加长版本中,这种从结构上对"三位一体"的表现就消失了。

这首诗的"斗争性"也是显而易见的。诗歌第二行直接将教皇与突厥一同列入敌基督的行列,称他们"欲将神独子耶稣基督,从你的宝座残暴扯掳",也就是要取代耶稣。正因为如此,这首迅速流传开来的儿歌,成为最受天主教会排斥的路德圣歌之一。在漫长历史中,直指天主教教皇的前两行诗曾被进行了各种修改,例如被改为较缓和的:"用你的话语保守我们,抵抗撒旦的狡诈与杀戮","用你的话语保守我们,抵抗所有敌人的杀戮",等等。甚至还出现过略带恶意的篡改:"用你的香肠保守我们,六根就能抵御饥渴。"

约翰·塞巴斯蒂安·巴赫（Johann Sebastian Bach）1725年创作的同名康塔塔《用你的话语保守我们》（BWV126），还是采用了路德原来的开篇"用你的话语保守我们，抵御教皇、突厥的嗔恨"。巴赫以小号配合第一乐章的合唱，吹出了战斗性的号角。路德与巴赫之间虽相隔近两百年，但两人之间有不少共同之处，尤其体现在两人的音乐观上。路德认为音乐是除上帝之言之外最值得称颂的艺术，而巴赫则认为音乐的终极目的就是要荣耀上帝。巴赫十分欣赏路德的圣咏，他的两百多首康塔塔中有十三首改编自路德圣诗，例如著名的《来吧，外邦人的救主》（Nun komm, der Heiden Heiland）以及《欢乐地向上飞升》（Schwingt freudig euch empor）。

在路德时代，一位神学教授在一般情况下应该懂得一些音乐理论，因为他们在学习所谓的"三艺"（Trivium），即语法、逻辑和修辞之后，还需要进一步学习"四术"（Quadrivium），即算术、几何、音乐及天文。尽管如此，大部分神学教授并不会进行圣诗创作，也不会参与到音乐实践中。路德之所以选择用德语创作圣诗，首先是为了让会众更积极地参与到崇拜中去。在早期天主教弥撒中，圣诗只能由僧侣和受过特定训练的唱经班来歌唱，一般会众只能倾听。但路德却无法将自己对音乐的热爱仅仅局限在理论维度，因为音乐对于他来说也是绝佳的牧养工具。他认为，音乐可以激起纯洁的喜悦，可以平息愤怒、消减欲望与傲气，所有会众在崇拜时都应有权利通过音乐直接赞美上主、表达信仰，而且最好直接用自己的母语歌唱。宗教改革要触及的，首先是人的灵魂，而耳朵是通往心灵的捷径。因此，在一定程度上，对于众多根本不识字，也无法获得印刷品的老百姓来说，宗教改革之声首先应该被"唱出来",而不是被"宣讲出来"。所以,路德不仅是新时代德语文学的开拓者,也是新教圣咏的发起人。

纵观宗教改革以降 500 多年的历史,会发现整个德语文化——从语言、文学、音乐,到教会和家庭,都与路德有着千丝万缕的关系,到处都有路德的话语影响。从启蒙运动开始,路德的"改革精神"又被赋予了超越其"信仰力量"的重要性。路德的圣歌也逐渐渗入广大民众的意识中,成为德意志集体记忆中强有力的一章,并且不可避免地在各种社会和政治讨论中被不断曲解误用。

由于种种误读,路德本人在 20 世纪黑暗的纳粹历史之后成为众矢之的。法兰克福学派精神分析心理学家埃里希·弗洛姆(Erich Fromm)在其 1941 年的著作《逃避自由》(Escape from Freedom)中,分析了路德的性格结构,称其为"权威主义性格"的典型代表——憎恨权威,所以反抗权威,但同时又崇拜、服从于权威。弗洛姆认为,路德对上帝的这种畸形"臣服关系",与之后许多德国民众完全臣服于国家和"领袖"的状态是一脉相承的。对路德的质疑同样出现在托马斯·曼(Thomas Mann)1945 年的演讲《德国与德国人》(Deutschland und die Deutschen)中,曼也认为路德深具矛盾性:他富有奇特的音乐性,同时却也"暴躁粗鲁,会谩骂、吐唾沫、发脾气",而这些特性又奇妙地与"温柔的深情"结合在了一起。曼进而又将具有这样奇特矛盾性格的路德视为"德意志性的化身"。

然而笔者认为,音乐家的身份恰好从另一方面呈现了路德。音乐对路德来说,有着与神学几乎一样崇高的地位。在路德看来,音乐本身就具有神圣性,音乐的"属灵"性质并非由人所赋予(并非一种

inventio），而全然是由上帝降下的恩典（是一种 creatura）。因此在崇拜时，会众不需要匍匐在地屈尊地唱咏，因为他们口中的音乐就是救赎的上帝本人赐下的。被圣灵充满的音乐能够直接成为上帝面前的祈祷。

　　如果要用绘画来描述路德，最确切的或许是两幅画的结合：一幅是路德的同时代人——德国文艺复兴时期画家阿尔布雷希特·丢勒（Albrecht Dürer）的铜版画《骑士、死神与魔鬼》（*Ritter*，*Tod und Teufel*）。画中的骑士披盔戴甲、沉着冷静地穿越一片死荫的幽林，对前方的死神与身后的魔鬼全然无惧，朝着心中明确的目标前行，毫无左顾右盼。另一幅则是 19 世纪德国画家古斯塔夫·施庞恩贝尔格（Gustav Spangenberg）创作的《在家人面前奏乐的路德》（*Luther im*

丢勒：
《骑士、死神与魔鬼》

施庞恩贝尔格：
《在家人面前奏乐的路德》

Kreise seiner Familie musizierend），画中的路德神情安宁地弹着鲁特琴，为唱着圣咏的孩子们伴奏。正如他在一封信中所表达的："假如我不是神学家的话，我最想成为一名音乐家。"神学里的坚定与音乐中的温柔，都是路德生命最有力的组成部分。

···

引用文献

1. Galle, Volker（hrsg.）. *Ein neues Lied wir heben an.* Worms: Worms Verlag, 2013.

2. Geck, Martin. *Luthers Lieder. Leuchttürme der Reformation.* Hildesheim: Georg Olms Verlag, 2017.

3. Luther, Martin. *Werke-Ausgewählte Schriften.* Frankfurt am Main: Insel, 1983.

4. Bornkamm, Heinrich. *Luther im Spiegel der deutschen Geistesgeschichte.* Göttingen: Quelle & Meyer, 1955.

5. Fromm, Erich. *Escape from Freedom.* New York: Farrar & Rinehart, 1941.

6. Mann, Thomas. *Essays*, *Bd. 5*, *Deutschland und die Deutschen.* Frankfurt am Main: Fischer, 1996.

Die frühen Gräber

Friedrich Gottlieb Klopstock

Willkommen, o silberner Mond,

Schöner, stiller Gefährt der Nacht!

Du entfliehst? Eile nicht, bleib, Gedankenfreund!

Sehet, er bleibt, das Gewölk wallte nur hin.

Des Maies Erwachen ist nur

Schöner noch, wie die Sommernacht,

Wenn ihm Thau, hell wie Licht, aus der Locke träuft,

Und zu dem Hügel herauf rötlich er kömmt.

Ihr Edleren, ach es bewächst

Eure Male schon ernstes Moos!

O wie war glücklich ich, als ich noch mit euch

Sahe sich röten den Tag, schimmern die Nacht.

早逝者之墓

弗里德里希·戈特利普·克洛卜施托克

欢迎你,哦,银色的月,

美丽宁静的夜之伴侣!

你要溜走? 别急,留步,思想的知音①!

看,它留下了,不过是云朵翻腾往复。

而苏醒的五月

比夏夜更娇美,

当晶莹剔透的晨露,从发绺中垂滴,

他又面色红润地攀上了山丘。

高贵的人啊,你们的石碑②

已长出严峻的青苔!

哦,我还与你们在一起时曾如此畅然,

白昼暖阳泛红,夜晚星空璀璨③。

注释

① 原文为"Gedankenfreund",是克洛卜施托克的自造词,其意象影响了一代德语咏月诗。例如,启蒙运动时期诗人格莱姆(Johann Wilhelm Ludwig Gleim)在诗歌《致月亮》(An den Mond)中也用同一个词称呼月亮。

② 除了在标题中出现过以外,诗人在诗歌中故意避免"墓"一词,此处也特别用"Mal"(石碑,碑)代替了更为明确的"Grabmal"(墓碑)。

③ 原文此处为过去式,所以应该依然在描述与早逝者一起的往昔回忆。

解读

歌德的书信体小说《少年维特的烦恼》（*Die Leiden des jungen Werther*）中有这样一个情节：初识的维特与绿蒂在舞会的间隙，望着窗外突至的雷雨，不约而同想到了克洛卜施托克《春祭颂歌》（*Frühlingsfeier*）中的诗句，这成了两人之间最初的牵绊，也成了维特悲剧的开端。

克洛卜施托克是德国感伤主义的代表诗人。他生长在一个虔敬派家庭中，曾在耶拿大学学习新教神学。毕业后，他受邀去丹麦完成他的长篇史诗《弥赛亚》（*Messias*）。在去哥本哈根的途中他途经汉堡，并在那里遇到了未来的妻子玛格丽塔，一位才华横溢的女作家。他们鸿雁传情，诗歌成为两人之间的牵绊。她也成为他无数诗歌中的女神。婚后两人共同往返于汉堡与哥本哈根，成了在创作上彼此促进与扶持的伴侣。可这样的生活只有四年而已。1758 年，三十岁的她死于难产。

克洛卜施托克带着对亡妻的思念独居了三十多年，直到晚年才又与玛格丽塔的一个丧偶的表妹再婚。近半个世纪以后，这位受人爱戴的诗人的遗体在民众的庄严护送下，入葬于汉堡克里斯蒂安教堂墓园。他们终于又在一起，共同长眠于巨大的菩提树下。

该诗作于 1764 年，也就是诗人妻子去世后的第六年。诗歌的标题虽然是《早逝者之墓》，但从诗歌前两段的内容来看，似乎更像一首自然诗，直到最后一段，读者才被悄悄带回了主题：原来，诗人是在夏夜望月,怀念起早逝的爱人与远去的美好时光。他们曾经一起经历"白昼暖阳泛红,夜晚星空璀璨"。如果说"金色的日"象征着全然的同在,那与之相对的"银色的月"就代表着遗憾的缺席。爱人早已不在,思念仍翻腾不绝,而"银色的月",仿佛就是连接现在与过往的桥梁,因为在月洒万象的温柔夏夜,诗人仿佛可以短暂地回到美好的往昔。所以诗歌开篇便是近似欢庆式的呼唤,诗人还拟人化地称月亮为"思想的知音",而当它似乎要被"翻腾往复"的云层挡住时,诗人流露出不安,恳请它别"溜走"。

在诗歌第二段,银月辉光中的诗人终于进入了旧日追忆中:春日的拂晓时分,诗人与"早逝者"一同在大自然的美好景象中经历了幸福时光。而到了第三段,宛若墓碑上的灰尘被轻轻拂去,谜底也悄然在最后解开。诗人甚至故意避免使用明确的"墓碑"(Grabmal)一词,而选用了更为朦胧的"碑/石碑"(Mal)一词。诗人的思绪和目光最终还是回归并凝注在爱人的墓地,"严峻的青苔"是"早逝"的印证。但过往的回忆与当下的场景终于汇涌到一起,诗人不仅是在悼念亡者,同样也在赞美永恒不变的自然,哀挽与颂赞融为一体。

这种哀歌式的颂歌,可以说是德国诗歌特有的传统。从克洛卜施托克到荷尔德林(Friedrich Hölderlin),再到里尔克(Rainer Maria Rilke),悲哀与欢愉,痛悼与赞美,在诗人最深沉的情感中是一致的,如同米开朗基罗《圣殇》(Pieta)中的圣母,双目中满含的是哀恸,更是深信和希望。

在稍晚两年(1776年)的另一首名为《夏夜》(Sommernacht)的诗歌中,这种"哀歌式的颂歌"被更清晰地表现出来:

米开朗基罗的大理石雕塑《圣殇》

当月亮的薄光此刻

倾泻在林中，

伴着菩提树的芬芳，

清风中浮香。

而思念影占心头，

引我到爱人的墓旁，

却只见林中幽暗，

再也嗅不到花的芳香。

我与你们曾如此欢畅,哦,逝者啊!

馨香与清风曾如此徐拂过我们,

月亮曾使一切如此娇美,

哦,美妙的大自然!

　　在这首诗中,对逝者的怀念更为直接。视觉与嗅觉的描述清晰可感,让读者似乎身处其中。绵延无绝的思念使诗人感受不到树林里的馥郁芳香,但最终,这种对逝者深厚的爱与对大自然的崇敬结合起来,化为欢腾的赞美:"哦,美妙的大自然!"

　　《早逝者之墓》与《夏夜》两首诗互相映衬。从标题看,前者更偏向挽诗,后者则更像自然诗。但从内容看,两首诗都从置身大自然时的直接感官体验出发,过渡到对逝去恋人、友人的追忆,最后又凝聚升华为深沉的赞颂。从形式看,二者都属于克洛卜施托克特有的自由体诗,虽然无韵,倘若细观,则会发现每段的音节数都极其整齐,可谓在诗的规律中又展现了诗的自由。《早逝者之墓》共三段,每段四行,每段音节数都是 8 - 8 - 11 - 11;《夏夜》也是三段,每段四行,每段音节数都是 11 - 11 - 8 - 6。

　　这两首气质相近的诗歌激起了音乐家的创作灵感。古典主义早期的德国作曲家格鲁克(Christoph Willibald Gluck)就曾根据这两首哀歌式的颂歌创作艺术歌曲(Wq. 49, No. 5&6),虽然娓娓述衷肠的歌声相当动人,但其配乐对原诗过分亦步亦趋,使音乐表达相对平庸。到了浪漫主义时期,怀才不遇的舒伯特在 18 岁时亦为《早逝者之墓》(D.290)与《夏夜》(D.289)谱了曲。舒伯特从音乐上最大程度地体现了原诗从文字上所体现的"自由中的节奏"与"哀挽中的赞美"。钢琴与人声的情绪随着文字的内容起起伏伏，尤其在艺术歌曲《夏夜》中，从前两段悲戚的"哀歌"到最后一段释然的"颂词"，特别是最后一句清澈透明的咏叹"哦，美妙的大自然！"——如同一块被彻底擦拭干净的玻璃，阳光又可以全然照射进来。

这种"哀歌式的颂歌"，也能从诗学上表现"痛苦"（Leiden）与"热烈的爱"（Leidenschaft）在词源上的相近性。"Passion"一词既能指承受痛苦、磨炼，尤其指耶稣的受难，又能指对人或事物表现出的激情、热烈的爱慕。克洛卜施托克的墓园挽歌，正深刻而清晰地呈现着爱与痛的同质。

德语「音乐诗歌」的艺术

引用文献

1. Amtstätter, Mark Emanuel. *Beseelte Töne: Die Sprache des Körpers und der Dichtung in Klopstocks Eislaufoden.* Berlin: De Gruyter, 2005.
2. Sowinski, Bernhard & Schuster, Dagmar. *Gedichte der Empfindsamkeit und des Sturm und Drang*, Oldenbourg: Wissenschaftsverlag, 1992.

Mignon

Johann Wolfgang von Goethe

Kennst du das Land, wo die Zitronen blühn,

Im dunkeln Laub die Gold-Orangen glühn,

Ein sanfter Wind vom blauen Himmel weht,

Die Myrte still und hoch der Lorbeer steht,

Kennst du es wohl?

  Dahin! Dahin

Möcht' ich mit dir, o mein Geliebter, ziehn!

Kennst du das Haus? Auf Säulen ruht sein Dach,

Es glänzt der Saal, es schimmert das Gemach,

Und Marmorbilder stehn und sehn mich an:

Was hat man dir, du armes Kind, getan?

Kennst du es wohl?

  Dahin! Dahin

Möcht' ich mit dir, o mein Beschützer, ziehn!

Kennst du den Berg und seinen Wolkensteg?

Das Maultier sucht im Nebel seinen Weg;

In Höhlen wohnt der Drachen alte Brut;

Es stürzt der Fels und über ihn die Flut：

Kennst du ihn wohl？

　　Dahin！Dahin

Geht unser Weg；o Vater，lass uns ziehn！

迷娘曲[①]

约翰·沃尔夫冈·封·歌德

你可知那方土地？柠檬花绽放，

金橙在墨绿树叶中耀眼彻亮，

温柔的清风起自湛蓝的天空，

桃金娘木玉立且有月桂高耸，

你可知道吗？

　　　彼方！那彼方！

哦，我的爱人啊，我想与你共往！

你可知那屋宇？石柱撑起穹顶，

厅堂熠熠生辉，房舍华耀莹莹，

屹立的大理石雕像凝视着我说：

"可怜的孩子，你受了何等折磨？"

你可知道吗？

　　　彼方！那彼方！

哦，我的守护者，我想与你共往！

你可知那峻峭山峦、云间小径？

骡马在云雾茫茫中将山路探寻，

幽深洞穴里潜蟠着太古的巨龙，

穷崖绝谷之上,飞瀑流泉宏宏:

你可知道吗?

　　　彼方! 那彼方!

路在那里,哦,父啊,让我们共往!

注释

① 这首诗歌出自歌德小说《威廉·迈斯特的学习生涯》（*Wilhelm Meisters Lehrjahre*）第三卷的开篇，是迷娘唱给威廉听的一曲歌。诗歌基本采用五音步抑扬格，只有在每一段中都重复的"Kennst du es（ihn）wohl？/ Dahin! Dahin"（你可知道吗？彼方，那彼方）一句中改用四音步抑扬格，作为一种强调。翻译时也尽量考虑体现原诗的韵律。

解读

"人们告诉我,他在人面前极其腼腆,不愿与人交谈。人们不敢将我引介给他,所以我只能自己尝试去见他。他在维也纳有三处寓所,他在其中不断更换住处以隐藏自己的行踪,一处在郊外,一处在城里,而我是在城墙上三楼的一处寓所找到他的。我没提前打招呼就进去了,他坐在钢琴边。我报上了名字,他非常友好,并问我想不想听一首他刚刚谱完的歌。于是他就用高亢嘹亮的声音唱起了《你可知那方土地?》(Kennst du das Land?),歌声让听者感到惆怅。然后他自己兴奋地说:'不是吗,这真美。太美了!我想再唱一遍!'我快乐地表示赞同,这让他很高兴。"

这是贝蒂娜·布伦塔诺(Bettina Brentano)于1810年与贝多芬的初次见面。这位德国浪漫主义第一才女在1835年(歌德去世后)出版的《歌德与一个孩子的通信集》(*Goethes Briefwechsel mit einem Kinde*)中记录了当时的场景。贝多芬为她所唱的《你可知那方土地?》是其1809年创作的《六首歌曲》(Sechs Lieder, Op.75)中的一首,歌曲本身正出自歌德小说《威廉·迈斯特的学习生涯》第三卷开篇的一曲《迷娘曲》。

迷娘在这部小说中,是个既具男孩特性、又有女性魅力的神秘少女。"迷娘"(Mignon)一词源自法语,意思是"宠儿、心爱的人"。这一人物在《威廉·迈斯特的学习生涯》的前身,或者说初稿——《威廉·迈斯特的戏剧使命》(*Wilhelm Meisters theatralische Sendung*)中就已出现了。威廉得知迷娘在马戏团里受尽虐待和折磨后，将她赎出，让她跟随自己。随着故事的逐渐展开，神秘的迷娘的身份才被揭开：她是一位意大利琴师的孩子，被吉普赛人拐卖至德国，被迫在马戏团里工作，她对祖国意大利一直充满憧憬与向往。当她得知威廉打算离开剧团时，禁不住痛哭起来。她心中暗自滋长着对威廉的爱恋，这时突然爆发出

德国画家弗里德里希·封·沙多笔下的迷娘

来。她倒在威廉怀中，恳请他不要离开自己。第二天清晨，威廉听见迷娘弹着齐特琴，唱起了这首动人的歌曲。

这首诗歌共有三段，除每段中均重复的呼求——"你可知道吗？彼方，那彼方"为四音步诗行，其余均为五音步抑扬格。这句呼求在诗中重复了三遍，用一种"单调性"促成了紧迫感。在小说中，少女迷娘被威廉救出后，对他的依恋愈来愈强烈。在这首独白中，她在三段中分别将威廉称为"我的爱人"、"我的守护者"以及"父啊"，三次恳请威廉与她共往南国"彼方"——意大利。

众所周知，1786—1788 年间的意大利之旅标志着歌德正式迈入古典主义时期。然而对这片南国土地的渴望，在他之前的作品中就早

有体现,尤其在他定居魏玛前十年间的作品中,例如歌德在这首诗中就借少女迷娘之口表达出对意大利的向往。诗人在第一段中描绘了典型的意大利自然风光:柠檬、金橙、清风、蓝天,这一切对于生活在阴冷德国的诗人是如此充满魅力。桃金娘木和月桂都是古希腊文化中极为重要的植物。桃金娘木是爱与美之女神阿芙洛狄忒的圣树,桃金娘花也成为了贞洁以及超越死生之爱的象征。因此,在古希腊和古罗马,人们会为新娘戴上桃金娘花环,这一传统被沿袭至今。而月桂则象征"阿波罗的荣耀",古希腊人和古罗马人用月桂花环为胜利者加冠。在第二段中,诗人对古典文化与艺术的热切追求更为明显:屋宇、石柱、穹顶、厅堂、房舍,"古典"在这片土地上并未成为过去式,而是依旧鲜活、坚挺。"屹立的大理石雕像"似乎看透了迷娘在异乡的痛苦,他的"凝视"构成了与"我"(迷娘)现状之间的对峙:"可怜的孩子,你受了何等折磨?"这既是轻柔的安慰,又是"古典"向"现代"发出的深沉诘问。诗人在最后一段描绘了阿尔卑斯山的险峻,去往南国路途艰辛,但即便如此,迷娘依旧再次肯定:"路在那里!"

歌德是一个用眼睛感知世界的作家,他对雕塑及绘画艺术、植物学、矿物学、气象学的浓厚兴趣都表明了他对"观"的热情。在《诗与真》(*Dichtung und Wahrheit*)中,歌德自己也证实道:"相比其他所有感官,眼睛是我把握世界的关键。"但这绝不意味着他忽视音乐。音乐陪伴了这位诗人一生,他一直热切地探索着"诗"与"乐"之间的关系,并渴望自己的诗歌可以被谱曲。事实也的确如此,再没有哪一位德语诗人对同时代及后来的音乐家产生过更大的影响力了。歌德的诗歌本身似乎就是用文字书写的音乐,可以说,他的诗中没有一首是不适合谱曲的。根据格罗·封·维尔伯特（Gero von Wilpert）的统计，有大约2000名作曲家为歌德谱过曲。歌德的"御用"作曲家约翰·弗里德里希·莱歇特（Johann Friedrich Reichardt）为他谱曲146首，卡尔·弗里德里希·采尔特（Carl Friedrich Zelter）谱曲92首。另外还有舒伯特谱曲64首，卡尔·勒韦（Carl Loewe）60首，胡戈·沃尔夫58首，舒曼44首，贝多芬23首，勃拉姆斯19首，而这些作曲家几乎全都为《迷娘曲》谱过曲。因为它在原著中本来就是一首歌，歌德甚至还特别用文字描述了他所设想的音乐："每一节的开头她都唱得庄严、激昂，好似要让人注意什么特别的东西，好似要表现什么重大的事物。唱到第三行，歌声却变得低婉、沉郁起来。'你可知道吗？'这几个字，她表现得充满了神秘和思索；而'彼方！那彼方！'表现出不可抗拒的向往渴求；'让我们共往！'则是在反复轮唱中变化有致，时而恳求，时而催促，时而充满渴望，时而满怀憧憬。"

但是，这位德国古典主义大文豪对不同音乐家的谱曲却表示出截然不同的态度。

根据贝蒂娜的记录，在本文开头描述的第一次会面后，四十岁的贝多芬就对她展开了热烈的追求。贝蒂娜虽然痴迷于音乐家的音乐，却并未回应这位已半聋的作曲家的爱。次年，她与兄长克莱门斯·布伦塔诺（Clemens Brentano）的挚友阿西姆·封·阿尔尼姆（Achim von Arnim）成婚。未果的恋情并未阻碍贝蒂娜与贝多芬之间萌发出深厚的友情，她也正是将贝多芬引介给歌德的关键人物。

贝多芬比歌德小二十一岁，从小一直对歌德敬仰万分，据说他在少年时每天都要阅读歌德的作品，尤其喜爱青年歌德那些生机勃勃的早期戏剧和诗歌。歌德的作品也激发了他的创作灵感,例如 1809—1810 年间为歌德同名戏剧所作的《艾格蒙特》(*Egmont*, Op. 84)。贝蒂娜在给歌德的信中强烈推荐了贝多芬的音乐,歌德在回信中也表示出结识这位天才音乐家的兴趣。1810 年,贝多芬委托贝蒂娜将三首他谱的艺术歌曲转交给歌德,其中就包括这首《迷娘曲》,但歌德并未回复。次年,贝多芬在一封谦恭的信中恳请歌德对自己的音乐艺术给予评价,并称即使是责备也会让自己欢喜受益。1812 年,这两位文学与音乐界的巨人在布拉格附近的疗养圣地特普利采相遇。歌德在 1812 年 7 月 19 日给妻子的信中写道:"我从没见过比他更专注、更有活力、更热情的艺术家。"歌德并未质疑贝多芬的天才,贝多芬惊人的力量与才华最初也使歌德着了迷,但作曲家桀骜不驯的性格却阻碍了两人产生更深入的交往,歌德为鲁莽的贝多芬感到惋惜,甚至可怜这个失去听力的音乐家(见歌德 1812 年 9 月 2 日致采尔特的信)。

根据贝蒂娜的回忆,贝多芬对这位大诗人的厌恶源自一次意外:贝多芬和歌德一同散步时,恰好遇上了皇后玛利亚·露多维卡·贝阿特丽丝(Maria Ludovica Beatrice)及其随从。歌德立即站到路边并脱帽致敬,而贝多芬却傲然站在路中间,使皇后的随行队伍不得不从他身边分道行驶。当然,贝蒂娜的这段记述在文学史上颇受争议。因为不少学者后来对勘了《歌德与一个孩子的通信集》以及歌德留下来的书信和日记,发现其中有很大的出入。尤其是贝蒂娜在书中所描述的自己与歌德、贝多芬之间的情史,常被认为是她杜撰出来的。无论这段轶事是真是假,贝多芬对歌德面对王公贵族的态度的确非常不以为然,在 1812 年致出版商的一封信中,贝多芬称:"歌德过于认可宫廷氛围了，超出了一个诗人所应持有的态度。"

除了性格上的差异外，魏玛的古典主义大诗人其实也没有真正认可过这位浪漫主义音乐的开拓者，贝多芬那种火山爆发式的、直接表现出作曲家情感的音乐与歌德对音乐的理解和偏好恰好背道而驰。歌德对"艺术歌曲"的理解非常传统：在形式上，他几乎只能接受传统的"分节歌"，对新派的"通体歌"（如舒伯特的《魔王》，D. 328）或"变体分节歌"（如舒伯特的《菩提树》，D. 911，No. 5）都表示拒绝；在表现力上，他认为应该用轻柔的旋律突出诗歌，音乐应表现出内敛的象征意义，而不是直接表达情感，而钢琴伴奏部分就更应该只表现为一种和声和节奏上的简单的音程，不需要抢文字的风头，不需要去展现文字中跳动的脉搏。而贝多芬则几乎完全相反，他将音乐视为人类智慧的最高启示，对他来说，纯器乐就可以构建一个完整、明澈的音乐王国，音乐可以作为一种独立的艺术表达这个世界。他的这种崇高的音乐观对后来的作曲家来说是开拓性的，用李斯特的话来说，就如同带领以色列人走出旷野的云柱与火柱一般，无论是明是暗，是白日抑或黑夜，总能跟随贝多芬的光照。

歌德对另一位天才作曲家舒伯特的忽视，就更彻底了。1814 年10 月 19 日，年仅 18 岁的舒伯特为《浮士德》第一部中的《纺车旁的甘泪卿》（Gretchen am Spinnrade，D.118）谱曲，并在接下来的一年中为歌德诗歌谱了三十多首艺术歌曲，其中包括如今被公认为杰作的《野玫瑰》（Heidenröslein，D. 257）、《魔王》（Erlkönig，D.328）、《无休止的爱》（Rastlose Liebe，D. 138），以及这首《迷娘曲》（D. 321）。然而歌德并未在众多为他谱曲的音乐家中识别出这位年轻人的才华，他不但

奥地利画家约瑟夫·丹豪泽作于 1840 年的巨幅油画《钢琴边的李斯特》,画中描绘了在巴黎沙龙中为朋友弹奏钢琴的李斯特,三角钢琴上放着贝多芬的胸像,显示了李斯特对这位伟大前辈的崇敬。

把宫廷顾问施鲍恩(Joseph Freiherr von Spaun)寄给他的十六首舒伯特歌曲手稿退回,甚至根本没有回复施鲍恩向他推荐舒伯特的那封信。时隔九年之后,舒伯特又亲自寄给歌德刚出版的三首歌曲,即根据歌德诗歌所谱的作品 19 号——《致马车夫克洛诺斯》(An Schwager Kronos,D. 369)、《致迷娘》(An Mignon,D.161)以及《伽尔墨得斯》(Ganymed,D. 544),并恭敬地附上了这样一封信:

尊敬的阁下!

在此呈献给您的这几首作品如果能够将我对您的无限景仰

表达出来，并或许也能获得您对这些微不足道之作的一丁点儿注意的话，那么这一愿望的达成将成为我人生中最美好的事件。致以最崇高的敬意。您最诚挚的仆人弗朗茨·舒伯特。

这一次依旧是石沉大海。虽然歌德在日记中提及"来自维也纳的舒伯特寄来了为我的诗歌所谱的歌曲"，但却并没有表现出更多的关注与兴趣。相比对贝多芬和舒伯特的冷漠态度，这位大文豪对被历史证明仅为三流的作曲家采尔特及莱歇特却是赞赏有加。这两位作曲家不仅私下与歌德关系密切，而且都是歌德"钦定"的谱曲者。采尔特本人非常厌恶贝多芬，他甚至把贝多芬的音乐称为"畸形的艺术、妖怪"。而他与歌德早在 1802 年就结下了友谊，持续通信超过 30 年，他是极少数几位与歌德以"你"相称的朋友，因此采尔特对贝多芬的反感，在很大程度上或许也间接影响了歌德。

歌德与浪漫主义作曲家之间难以跨越的鸿沟，似乎也正是"古典"与"浪漫"之间的对抗。歌德曾对"古典"与"浪漫"作过这样的区分："我将古典的称为健康的，浪漫的称为病态的。……大部分新事物不是因为新所以浪漫，而是因为它们柔弱、病恹恹并且就是病态的。而古旧的不是因为老所以古典，而是因为它们强壮、新鲜、快乐并且健康。"浪漫主义音乐中调性的丰富变化、和声色彩的转换、情感的起起伏伏，在歌德的眼中都是一种"病态"，他更偏爱采尔特那种温暖简单的旋律和几乎苍白的和声，至少听众会赋予歌词，即诗句更多的注意。艾克曼在《歌德谈话录》（ *Gespräche mit Goethe* ）中记录了歌德对"新音乐"的观点:"新音乐家的作品已不再是音乐。它们超越了人类情感的水平,人们无法从自己的灵魂和心出发理解这类东西。"或许正是这一判断,让晚年歌德的"音乐观"固执在古典的"客观"与"健康"中,在警惕防御浪漫的同时,也不可避免地陷入了某种保守的平庸。

引用文献

1. Brentano, Bettina. *Goethes Briefwechsel mit einem Kinde*. Frankfurt am Main：Insel Taschenbuch, 1984.
2. Schubert, Franz. *Briefe*, *Tagebuchnotizen*, *Gedichte*. Zürich：Diogenes, 1997.
3. Wilpert, Gero von. Vertonungen, in：*Goethe-Lexikon*. Stuttgart：Kröner, 1998.
4. Goethe, Johann Wolfgang von. *Maximen und Reflexionen*, Nr. 1031, Frankfurt am Main：Insel Verlag, 2003.
5. Eckermann. *Gespräche mit Goethe in den letzten Jahren seines Lebens*, Frankfurt am Main：Insel Verlag, 1981.
6. Mühlenhoff, Barbara. *Goethe und die Musik*, *ein musikalischer Lebenslauf*. Darmstadt：Lambert Schneider Verlag, 2011.
7. Walwei-Wiegelmann, Hedwig（Hrsg）. *Goethes Gedanken über Musik*, *eine Sammlung aus seinen Werken*, *Briefen*, *Gesprächen und Tagebüchern*, Frankfurt am Main：Insel Verlag, 1985.
8. 罗曼·罗兰：《歌德与贝多芬》，梁宗岱译，上海：华东师范大学出版社，2016 年。

Nänie

Friedrich Schiller

Auch das Schöne muß sterben! Das Menschen und Götter bezwinget,

  Nicht die eherne Brust rührt es des stygischen Zeus.

Einmal nur erweichte die Liebe den Schattenbeherrscher,

  Und an der Schwelle noch, streng, rief er zurück sein Geschenk.

Nicht stillt Aphrodite dem schönen Knaben die Wunde,

  Die in den zierlichen Leib grausam der Eber geritzt.

Nicht errettet den göttlichen Held die unsterbliche Mutter,

  Wann er, am skäischen Tor fallend, sein Schicksal erfüllt.

Aber sie steigt aus dem Meer mit allen Töchtern des Nereus,

  Und die Klage hebt an um den verherrlichten Sohn.

Siehe! Da weinen die Götter, es weinen die Göttinnen alle,

  Daß das Schöne vergeht, daß das Vollkommene stirbt,

Auch ein Klaglied zu sein im Mund der Geliebten, ist herrlich,

  Denn das Gemeine geht klanglos zum Orkus hinab.

哭　唱

弗里德里希·席勒

即便美也会逝去！它征服了人类与诸神，
　　却无法打动那位冥界宙斯①的铁石心肠。
爱只使这黑暗的掌权者心软了仅仅一次，
　　便在边界②严酷地将他的礼物重又召回。
阿芙洛狄忒也无法止住俊俏少男的伤口，
　　野猪③粗暴地撕裂了他优美精致的躯体。
不死的母亲也无法拯救那位神样的英雄，
　　他倒在斯凯伊城门边，成就了他的命运。
但她领海神的所有女儿一齐从海里升起，
　　哀吟之声四起悼念她值得赞颂的儿子。
看啊！诸神都在哭泣，所有女神也在哭泣，
　　哭美好之物的逝去，哭完满之物的逝去，
成为爱人唇齿间的一首挽歌，亦是荣耀，
　　因为粗卑之物只会无声无息地降去阴间。

注释

① 指古希腊神话中的冥王哈迪斯,即古罗马神话中的普鲁托。席勒在这首诗歌中故意避免直唤其名,而称其为"冥界宙斯"及"黑暗的掌权者"。

② 此处的边界指"冥河"(Styx)。在奥维德的《变形记》中,俄耳甫斯前往冥界企图讨回自己早逝的爱妻尤莉迪斯,他在哈迪斯与珀耳塞福涅面前深情地弹奏一曲,感动了冥王冥后,居然允许他带着妻子离开冥界,但却恶意地命令他在携妻离开冥界的途中,切不可回首。俄耳甫斯在跨越冥河即将到达阳界时,忍不住回头确认妻子是否跟随着他,这一回头却使尤莉迪斯重新坠入黑暗的阴间。

③ 此处指战神阿瑞斯化身的野猪。阿瑞斯追求阿芙洛狄忒未果,心生嫉妒地化身为野猪,并狂暴地杀死了阿芙洛狄忒的心上人——俊俏的美少年阿多尼斯。

解读

这首诗是德国古典主义时期大文豪弗里德里希·席勒于 1800 年创作的，也是他去世前的最后一首哀歌。"Nänie"一词源自拉丁语 naenia，指古罗马送葬时哀哭亡者的唱词。诗歌在形式和内容上，都以古希腊作为典范。

全诗共 14 行，席勒使用了 7 对挽歌双行体（das elegische Distichon）。当时在德语诗歌中使用最多的挽歌双行体是由一句以阿多尼斯体结尾的六音步诗行（Hexameter）加一句减音六音步诗行（Pentameter）构成的。而所谓的阿多尼斯体（der Adonische Vers），由一个扬抑抑格（Daktylus）与一个扬抑格（Trochäus）构成，即"—◡◡ | —◡"，本就出自古希腊史诗中哀哭美少年阿多尼斯之死的诗句的格律——哦，阿多尼斯啊！（Ach, der Adonis!）因此，这种挽歌双行体多用于悼念亡者的挽辞，此外也常见于格言诗、警句诗中。德国古典主义时期的两位大文豪——歌德和席勒都十分偏爱"挽歌双行体"，席勒曾用这一诗体创作了一首格言诗来说明它在韵律上的起伏："六音步诗行中升起泉源流动的水柱，随即在减音六音步诗行中动听地落下。"也就是说，在第一句诗行中，情感像上涌的喷泉一般得以积累蓄聚，在第二句诗行中达到巅峰后喷泻而下。

席勒的这首诗歌本身就是"挽歌双行体"功能的叠用，它既是挽歌，又像格言诗那样启人深思内省。而诗人所哀悼的，并非某个具体的亡人，而是更为抽象的逝去之"美"。从形式与内容上，都与歌德

1798年创作的哀歌《欧芙洛绪涅》（Euphrosyne）十分相似。席勒开篇就呼唤出这个无奈的事实——"即便美也会逝去！"接着，诗人借用古希腊神话与史诗中的三个人物来印证这一论点。诗人没有让这三个人物的名字直接出现，彻底弱化了"美"的具体表现，进而呈现出诗歌的真正主角——"美"本身。

在第一、第二个双行体中，诗人借俄耳甫斯与尤莉迪斯的故事，说明"最完美的爱"也终将逝去。在席勒的这段描述中，没有出现故事中任何一位人物的名字，他甚至故意避免提到冥王哈迪斯的名字，而用"冥界宙斯"、"黑暗的掌权者"等称呼来代替。俄耳甫斯的深情仅仅使铁石心肠的冥王动容了一回，俄耳甫斯被允许携妻离开冥界，但就在即将达到阳界时，丈夫的一次回头，却让年轻美丽的妻子再一次，也是永远坠入死亡的深渊，死神就这样召回了他送出的礼物。在第三个双行体中，诗人描述了爱与美的女神阿芙洛狄忒失去自己爱人的场景，说明"最完美的肉体"也终将逝去。战神阿瑞斯追求阿芙洛狄忒未果，心生嫉妒的他化身为一只野猪，狂暴地杀死了阿芙洛狄忒的心上人——俊俏的美少年阿多尼斯。女神抱着爱人的尸体哀哭，她的眼泪将阿多尼斯的鲜血化为美丽的红花，也就是在德语中被称为"阿多尼斯小玫瑰"（Adonisröschen）的侧金盏花。在第四、第五个双行体中，诗人描述了特洛伊战争的英雄阿基琉斯之死，说明"最完美的英雄"也终将逝去。荷马在《奥德赛》第二十四卷中详细描绘了阿基琉斯死后的场景，他的母亲海洋女神忒提斯领着海里的众仙女一同踏出水波，为阿基琉斯之死恸哭。而主司艺术的九位缪斯女神，也以悦耳动人的轮唱来悼念英雄的亡故，她们昼夜不断地唱了整整十七天，歌声深深打动了诸神与凡人，使所有人都泪水涟涟、呜咽哭泣。

这三个例子从不同角度证实了诗歌开篇的感叹——"即便美也会逝去！"但紧接着在第五个双行体中，诗人用一个"但"（aber）带出了转折。诸神的哭唱带来了改变，"美"虽然结束了它在尘世有限的存在，却在艺术中化为永恒。诗人在倒数第二个双行体中再次点题，强调诸神哀婉叹息的对象，已不仅仅是具体人物的逝去，而是"美"本身的易逝，因此诗人选用了两个中性的词——"美好之物"（das Schöne）与"完满之物"（das Vollkommene），将这首"哭唱"（Nänie）从古希腊故事语境中抽出，拔高为对"易逝的美"的完美哀悼，而成为有限的"现实"与无限的"理想"间的桥梁。

1880年，德国画家安瑟尔姆·费尔巴哈（Anselm Feuerbach）在威尼斯去世，他生前挚友约翰内斯·勃拉姆斯（Johannes Brahms）立刻以席勒的这首名诗为文本，创作了一首单乐章合唱曲纪念这位杰出的朋友（Op. 82）。作为一首挽歌，勃拉姆斯却选用了较为明亮柔和的大调，全曲好似精缩版的《德意志安魂曲》（*Ein deutsches Requiem*, Op. 45），不仅表达了对亡者的哀悼和对生者的安慰，更带有超越死生的和解宽慰的力量。

作品一开始，管弦乐队奏出一个叹息般的引子，如泣如诉的双簧管将旋律带向由女高音唱出的第一句——"即便美也会逝去！"随后其他声部以赋格的形式不断加入，重复这一庄重的主题。接着，合唱队在起起伏伏的旋律中讲述出三个古希腊故事，即前四个双行体。到了"但她领海神的所有女儿一齐从海里升起"这句关键的转折，勃拉姆斯的音乐化为一种凯旋式的升华，再到"哭美好之物的逝去，哭完满之物的逝

费尔巴哈:《俄耳甫斯与尤莉迪斯》

去",旋律重又平缓宁静,慢慢回到了开篇的主题,而最初的哀歌,也逐渐成为了颂歌——因为"成为爱人唇齿间的一首挽歌,亦是荣耀"。

勃拉姆斯之所以选用席勒的这首《哭唱》来创作献给朋友的挽歌,应该有多重考量。与诗人席勒一样,画家费尔巴哈本人也极其崇敬古希腊艺术,尤其受意大利文艺复兴时期威尼斯画派的影响,他常常选择希腊神话故事作为绘画题材,画中的人物总是姿容优美,形态端庄,具有一种高尚的古典美。这些理想化的人物虽然常常神色哀伤,但往往透出一种悲剧式的静谧与宽恕的力量。例如在画家1869年的油画《俄耳甫斯与尤莉迪斯》中,俄耳甫斯一手拿着他的里拉琴,一手牵着挚爱的妻子,在黑暗中朝向远方唯一的光亮前行,但蒙头的妻子却忧郁地垂着头,似乎早就知晓了两人无可逃避的宿命。即便如此,阴暗的画面却着色柔美,凝聚着安宁的气氛。

勃拉姆斯与费尔巴哈虽然在时代上属于浪漫主义,但我们能在他们的作品中找到更多属于古典主义的内敛之美。无论是在诗歌、音乐中,还是在绘画中,我们都虽感叹"美"的逝去,却看到艺术的驻留。

引用文献

1. Schiller, Friedrich, （Hrsg. von Gerhard Fricke &Herbert G. Göpfert）. *Sämtliche Werke, Bd. 1.: Gedichte. Dramen I*, München：Hanser Verlag, 1958.

2. Blecken, Gudrun. *Textanalyse und Interpretation zu Lyrik der Klassik.* Hollfeld：Bange Verlag, 2016.

3. Oellers, Nobert. Das verlorene Schöne in bewahrender Klage. Zu Schillers *Nänie*, in：*Gedichte und Interpretationen, Bd 3: Klassik und Romantik*, Stuttgart：Reclam, 2014.

Im wunderschönen Monat Mai

Heinrich Heine

Im wunderschönen Monat Mai,

als alle Knospen sprangen

Da ist in meinem Herzen,

die Liebe aufgegangen.

Im wunderschönen Monat Mai

als alle Vögel sangen,

da habe ich ihr gestanden

mein Sehnen und Verlagen.

在娇美的五月①

海因里希·海涅

在娇美的五月，

所有花蕾绽放，

而②在我的心中，

爱也射出光芒。

在娇美的五月，

所有鸟儿歌唱，

而我向她吐露，

吾之思念、渴望。

注释

① 该诗为海涅青年时期诗集《抒情间奏曲》中的第一首,1840 年由舒曼谱曲,成为其声乐套曲《诗人之恋》中的第一首。标题中的"wunderschönen"一词表示对"美丽"程度的加深,钱春绮先生译为"极美"。我译为"娇美",更突出诗人向伊人诉衷肠时的柔情蜜意。

② 诗歌的两阕对仗,每阕都用"da"作为前两行和后两行之间的过渡。"da"原意为"在那个时候,在那个地方,在那个情景下"。我译为"而"表示从自然世界向个人情感的过渡。

解读

海涅说："音乐可能是艺术的终极之言，正如死亡是生命的终极之言。"

舒曼说："海涅的诗就是音乐。"

舒曼与海涅的相遇，是音乐与诗歌的宿命。1856年初，59岁的海涅终于结束了近八年完全瘫痪的生活，在巴黎的"床褥墓穴"上阖上了双眼；半年后，46岁的舒曼在波恩郊外的一所精神病院里结束了他丰盛的一生。

将诗人与音乐家联系在一起的，不仅仅是这共同的祭年，还有许多人生轨迹和艺术气质上的相似：两人年轻时都曾被迫在大学学习法律，在才华与生计之间困惑挣扎；两人都经历了飞蛾扑火般的爱情；两人都在杜塞尔多夫度过了人生的重要时光，从莱茵河及莱茵神话中汲取了艺术灵感；甚至两人都受困于精神疾病，最终经历了漫长的逐渐死亡。

1828年，18岁的舒曼通过熟人介绍，在慕尼黑见到了他崇拜已久的海涅。海涅当时刚过30岁，作为诗人已声名远扬。这次会面后，舒曼在接下来的两年里重读了海涅的《诗歌集》(*Buch der Lieder*)和《游记》(*Reisebilder*)，并在1833年定下了一项作曲计划——要为其诗歌谱曲。舒曼对海涅的热情持续了一生。海涅移居巴黎后，舒曼依旧不断向朋友、熟人打听其近况。

1840年8月，舒曼与相恋多年的克拉拉克服百般阻扰后终成眷属。克拉拉的父亲弗里德里希·维克（Friedrich Wieck）是莱比锡著名的音乐老师,也是舒曼的恩师,他极力反对琴技精湛、前途无量的女儿与年长十岁、生性敏感的舒曼间的恋情。多年抗争无果后,两人最终向莱比锡法院起诉,法院裁决同意两人成婚。这经历磨炼与幸福的一年也成了舒曼的"歌曲年"——艺术歌曲突然成为他那年的创作重心。这位从来只创作器乐作品的作曲家,突然灵感迸发地在那一年共创作了 138 首艺术歌曲,其中有 29 首采用了海涅的诗。还有什么比同样彻底折服在诗意爱情之下的海涅更能体现音乐家此刻的温柔狂喜之心呢？在爱情面前同样战栗又癫狂的诗人海涅,似乎道出了舒曼心中奔腾汹涌的情意。

海因里希·海涅（1797—1856）　　　罗伯特·舒曼（1810—1856）

《在娇美的五月》是声乐套曲《诗人之恋》（*Dichterliebe*, Op. 48）的第一首。海涅的这首诗歌质朴纯净得令人心动又心碎,一如舒曼为诗歌所配的音乐。虽看似简单,但诗歌与音乐中都蕴含着细腻的技巧。

诗人将"我"置于"娇美的五月"中,并用两个"da"作为"娇美的五月"（自然世界）到"我"（个人情感）的过渡。第一段从"花蕾绽放"

过渡到"爱的诞生"，第二段从"鸟儿歌唱"过渡到"爱的吐露"，外部的自然世界成为内部的个人情感的表征。

舒曼的配乐与质朴的原诗浑然一体，而且钢琴进一步将比人声更细腻、更精致的情感展现出来，音乐潜入诗中无法用言语道尽的角落，渗进内在情感中的秘密，使歌曲变得更具深意，这一点是舒曼艺术歌曲的独到之处。与舒伯特不同：在舒伯特的艺术歌曲中，钢琴不再只是伴奏，而是形成了与人声的对唱、合唱，从而达到对原诗的"重塑"效果。舒曼则无意"重塑"，只渴望"合体"，可以说是将浪漫主义的精神灌入到古典主义的形式中去，尤其是在海涅的诗歌中，达到了诗人与音乐家的彻底融合，并且使音乐的力量与诗歌的魅力不在这种融合中因彼此竞争而消磨殆尽，而是都获得双倍的表现力。

此外，在舒曼的声乐套曲中，钢琴常常在前奏、过渡、尾声处成为人声的扩展。例如，《在娇美的五月》的下一首便是《从我的泪中萌芽》，第一首尾声处的钢琴独奏将未尽的情感绵延地带入套曲的下一首，使想象力超越第一首中吐露了"吾之思念、渴望"的诗人，联想到表白失败后的失望和痛苦。

舒曼是德国浪漫主义最具有诗人气息的音乐家，他从青年时代就开始写诗，一度为自己究竟应该成为职业音乐家还是诗人而彷徨过，但最终音乐战胜了诗歌。他在日记中写道："声音是更高等的文字。""每个音乐艺术家都是诗人，只是更高等。"舒曼认为，过于理性的语言在表达情感时可以成为一种束缚。比起语言，音乐能更直接、更真实地展示内心。舒曼想通过音乐将语言从理性的羁绊中解救出来，将语言与音乐融合在一起成为一种"整体艺术"，使文字、声音都只成为象征,通过这些象征,将宿于灵魂中的幸福与痛苦都转化为艺术。而艺术歌曲可以说是连接音乐与诗艺的最完美桥梁。

还是在 1840 年,舒曼曾给海涅寄了几首他谱写的曲子,并在信中写道:"仅以这寥寥数行,完成我长久以来一个热切的心愿,想要与您更近一些。多年前在慕尼黑拜访您时,我还是个毛头小子,或许您记不起来了。但愿您喜欢我为您的诗所谱的歌。如果我谱曲的能力与我对您所怀着的温柔情谊相匹,那您便可有所期待。[……]若能得到您的简短回复,告知是否收到此信,我将由衷感到快乐。"

在舒伯特之后,艺术歌曲成为德国浪漫主义音乐的的一股洪流,而舒伯特的真正继承者就是舒曼。海涅之于舒曼,恰如歌德之于舒伯特。舒伯特寄给歌德的信和曲谱全部石沉大海,海涅也从未给予舒曼的歌曲任何评价。海涅对舒曼的抵触的确有据可循:作为流亡在巴黎的犹太诗人,海涅与同时代活跃在法国乐坛的梅耶贝尔、柏辽兹之间更有艺术亲缘感,而纯正的德国浪漫派音乐家舒曼对这些作曲家都持批判态度,这从当时他参与主编的《新音乐时报》的音乐评论中就可见一斑。李斯特对舒曼撰写的音乐评论评价极高,认为雅致、纯正、细腻的文体甚至能让这位音乐家跻身杰出作家的行列。李斯特认为舒曼真正地在隔离音乐与文学的石壁上打开了一个缺口。

尽管如此,舒曼对于海涅的仰慕依旧如同命中注定,好似一朵令其迷恋却遥不可及的鲜花。正如舒曼于 1840 年所谱的另一首海涅的诗歌《你如一朵鲜花》(Du bist wie eine Blume, Op. 25, No. 24)所写:

你如一朵鲜花,

如此温柔、美丽、纯净；

当我凝视你，

忧伤便潜入我心。

我想，或许该把双手

按在你的头上，

祈祷，上帝会保守，

你永远如此纯净、美丽、温柔。

　　这首诗作于 1823—1824 年，当时海涅正陷入一场无果而终的恋爱。被玫瑰刺破的伤口结了痂，却依旧迷恋让它流血的玫瑰。而海涅对于舒曼来说，似乎就是这么一朵温柔、美丽、纯净的玫瑰，无法忘怀，注目凝视，始终心怀忧伤。

引用文献

1. Einstein, Alfred. *Die Romantik in der Musik*, Stuttgart：Metzler, 1992.

2. Zenck, Martin. *Heinrich Heine-Robert Schumann. Dokumente und Interpretationen zu einer glücklichen deutsch-jüdischen Begegnung.* （http：//www. uni-bamberg. de/fileadmin/uni/fakultaeten/ppp ＿ professuren/musikwissenschaft/Heine ＿ SchumannVortragSynagogeMemmelsdorf.pdf）, Stand：2018.3.20.

3. Bartscherer, Christoph. Heines Schweigen. Schumanns Besuch in München und sein publizistisches Nachspiel, in：„ *Das letzte Wort der Kunst"*. *Heinrich Heine und Robert Schumann zum 150. Todesjahr*. Hrsg. von Joseph A. Kruse. Stuttgart & Kassel：Metzler & Bärenreiter, 2006.

4. Fischer-Dieskau, Dietrich. *Das deutsche Klavierlied*. Berlin：Berlin University Press, 2012.

5. 李斯特:《李斯特论柏辽兹与舒曼》,张洪岛、张洪模、张宁译,北京：人民音乐出版社,2005 年。

Lorelei

Heinrich Heine

Ich weiß nicht, was soll es bedeuten,

dass ich so traurig bin

ein Märchen aus alten Zeiten,

das kommt mir nicht aus dem Sinn.

Die Luft ist kühl und es dunkelt,

und ruhig fließt der Rhein;

der Gipfel des Berges funkelt

im Abendsonnenschein.

Die schönste Jungfrau sitzet

dort oben wunderbar,

ihr goldnes Geschmeide blitzet,

sie kämmt ihr goldenes Haar.

Sie kämmt es mit goldenem Kämme,

und singt ein Lied dabei;

das hat eine wundersame

gewaltige Melodei.

Den Schiffer im kleinen Schiffe

ergreift es mit wildem Weh,

er schaut nicht die Felsenriffe,

er schaut nur hinauf in die Höh.

Ich glaube, die Wellen verschlingen

am Ende Schiffer und Kahn;

und das hat mit ihrem Singen

die Lorelei getan.

洛累莱①

海因里希·海涅

我不知究竟为何缘故，②
心中如此愁苦，
一则古老童话，
让我时时牵挂。

天地清，暮色临，
莱茵河，如明镜；
落日余晖中，
山巅映霞红。

那最美丽的少女，
于高处卓然坐踞，
金饰闪耀着韶华，
她梳弄黄金秀发③。

金梳轻整发缕，
且吟歌谣一曲，
这歌谣的曲调，
有诱人的奥妙。

扁舟中的船夫，

骤然心生悲苦，

他不望向暗礁，

他只向高远眺。

我猜④,波浪最终吞噬了，

船夫及其小舟；

洛累莱那歌声，

将这一切达成。

注释

① 海涅的这首名诗有不少中译本,最广为流传的应该是冯至先生的译文。他的译文虽然朴质感人,却磨去了海涅原诗中的不少棱角,因而丢失了其中暗含的"讽刺性"。为了方便下文说明中国读者对这首诗歌存在的误解,在此将冯至先生的译文列出:

洛累莱

不知道什么缘故,
我是这样的悲哀,
一个古代的童话,
我总是不能忘怀。

天色晚,空气清冷,
莱茵河静静地流,
落日的光辉,
照耀着山头。

那最美丽的少女,
坐在上边,神采焕发,
金黄的首饰闪烁,
她梳理金黄的头发。

她用金黄的梳子梳，

还唱着一支歌曲，

这歌曲的声调，

有迷人的魔力。

小船里的船夫，

感到狂想的痛苦，

他不看水里的暗礁，

却只是仰望高处。

我知道，最后波涛

吞没了船夫和小船，

洛累莱用她的歌唱

造下了这场灾难。

② 原诗使用典型的民谣格律，每行三音步，交叉韵（abab），阴性韵脚
（抑）与阳性韵脚（扬）交替。这种格律似乎能让读者瞬间回到过
去，但原诗在出现"我"的两行（第 1 行和第 21 行），使用了 9 个音
节，多于诗歌其余部分，并由此构成一个明显的框架，与诗歌主体
部分——"古老童话"本身构成距离感。因此笔者在译文中，也特
意将这两句译成长句。

③ 一般来说，"金发"在德语中用"blondes Haar"表达，而原诗却使用
"golden"一词，故此处译为"黄金秀发"，更突显出"洛累莱"难以接

近的女神形象。而且，海涅连续在三行中累赘地使用"golden"一词，分别修饰洛累莱的首饰、头发和梳子，却没有对这位"最美丽的少女"有其他描述，其中暗含诗人的讽刺：古老童话中的女神不仅遥不可及，似乎也过于中规中矩，形同虚幻。

④ 原文为"ich glaube"，这在德语中是个非常口语化的用法，表示猜测。因此译者认为，相比冯至译的"我知道"，译为"我猜"更加贴切。这种用法出现在诗歌中显得很突兀，但也再次表现出诗人与这个"古老童话"之间在时间和情感上的双重距离感。

解读

如今往来于莱茵河的每艘游船,在经过中上游河谷的"洛累莱岩石"时,扩音喇叭里必然会约定俗成地播放德国作曲家弗里德里希·谢尔歇(Friedrich Silcher)1837 年为海涅名诗《洛累莱》谱写的歌曲。被称为"德国父亲河"的莱茵河既阳刚又静谧,孕育了许多神话与民间传说,其中最著名的就是"洛累莱"的故事,而谢尔歇的谱曲使海涅的诗歌成为该传说最广为流传的"通行版"。它如此深入德意志的民族意识,以至于在纳粹时期,当局实在无法从教科书上将其抹去,但又不愿意将它归于一位犹太作者名下,只得退而求其次地在此诗下标注"作者未明"(Verfasser unbekannt)。

谢尔歇简单质朴的配乐,也常被列为"诗"与"乐"极致融合的典范,这首诗歌也由此被钉上了"忧郁"的标签。

然而,事实果真如此吗? 音乐真的能够为诗歌装上透明的翅膀? 抑或恰恰相反,音乐可能也会磨去诗歌痛苦又骄傲的棱角?

海涅自己在1822 年12 月24 日写给依默曼(Immermann)的信中称自己的《洛累莱》为"一首恶意的小诗",作者对自己作品的这一界定,显然与谢尔歇严肃又忧郁的配曲之间存在一种酸涩的矛盾,海涅的"毒舌"特点在这首歌曲中杳无踪迹。如果我们抛开音乐回到原诗,能否重新找到"洛累莱"传说在海涅的浪漫反讽中蛰人的奇妙光辉呢?

名为"洛累莱"的岩石位于莱茵河中游高 132 米的悬崖边,在其

德国画家卡尔·约瑟夫·贝加斯：《洛累莱》

脚下便是莱茵河最深最窄，同时也是最频繁发生船难的一处大拐弯。"洛累莱"（Loreley）之名，源自一个奇妙的组合：古德语中的"luren"（暗中潜伏）与古凯尔特语中的"ley"（岩石），构成了一块在静谧中潜伏等候的巨岩。这块神秘的巨岩，成为德国世界文化遗产之一——莱茵河中上游河谷最重要的标志。

　　虽然海涅的这首诗歌家喻户晓，但他却并非最早将这一民间传说写入文学作品的诗人。1801年，浪漫派诗人布伦塔诺就在小说《哥德维》（Godwi）中插入了一首叙事诗，诗中讲述了在莱茵河畔的巴哈拉赫镇居住的魔女洛累莱的故事。此后，浪漫派诗人艾兴多夫在1812年创作了诗歌《林中问答》（Waldgespräch），诗中也出现了孤独、美丽而又狠心的洛累莱魔女。这两首诗与海涅此后作于 1824 年的《洛累莱》都相差甚大——前两首都是典型的浪漫主义叙事诗,唯有海涅的诗中出现了"我"。全诗首行的"我不知究竟为何缘故"以及最后一段首行的"我猜,波浪最终吞噬了"明显构成了一个框架,将古代的传说围裹在现代的帐幔中,也建立起了联通"现实"与"童话"、"今朝"与"过去"之间的桥梁。置身现代的"我"并非彻底的局外人,"我"与童话之间既存在距离,又留有羁绊。

而置身"现实"的诗人与位于"童话"中的船夫之间的关系,就需要读者自己去揣摩了。诗人显然在那位葬身鱼腹的船夫身上看到了自己的影子,并且是在双重意义上。一方面,他无疾而终的单恋,就如同船夫对洛累莱的渴慕与注定的沉溺。青年海涅不幸爱上了自己的表妹阿玛利娅,她的父亲是个富有的银行家,长期在经济上资助海涅。阿玛利娅对海涅的爱慕没有回应,她父亲也完全不理解侄子对文学的热情,这使海涅倍感压抑。另一方面,被洛累莱的魅惑歌声吸引而向高处仰望的船夫,也是海涅对自己犹太人身份的隐匿影射。就在创作这部诗歌的第二年,诗人悄悄受洗成为新教徒,然而他与新教教义之间的关系却始终复杂、暧昧。海涅在诗中连续三次重复了"金色"(golden)一词,分别描述洛累莱的首饰、秀发与梳子,这位周身闪着金光的少女,在某种意义上代表了纯粹的"德意志",而诗人海涅正如那位痴痴渴念女神的船夫,无法逾越距离上的鸿沟——难以摆脱犹太人在德国边缘化的命运。诗人在"现实"与"童话"之间建起的桥梁,其实也是一个受爱情创伤、种族歧视的男人,通过诗歌发出的哀叹、自嘲,甚至是报复。

中国读者对这首诗歌的误读更是双重的：除了谢尔歇质朴的谱曲，还有冯至先生那让人迷失在感伤中的译文，使这首"恶意的小诗"摇身变为最忧伤缠绵的爱情诗歌。冯至先生曾在浪漫派大本营之一的海德堡大学求学，无论是他的翻译，还是他自己的诗作，都深受德国浪漫主义影响。同时，他也是国内译介海涅的先锋，翻译了不少海涅的诗歌、游记作品。如果说在海涅晚期代表作——1844 年的《德国，一个冬天的童话》（Deutschland, ein Wintermärchen）中，童话已变得彻底破碎又冰凉，那《洛累莱》中的"古老童话"，难道就真的如冯至先生的中译那样带着温柔的忧郁吗？

如果再听一听李斯特（Franz Liszt）1841 年谱写的《洛累莱》（S. 273），就能发现其中更丰富多变的情感。李斯特使用了通谱歌的形式，与谢尔歇单调到黏稠的配乐全然不同。其实，这首诗歌正如这块岩石——一块在静谧中等候回音的岩石。它不仅是诗人对古老传说、前人作品的回音，也同时在等待着各种后来的途经者自己的感受和思考。诗歌带着苦楚的隐喻，悄声无息地站在岩头，等待各种回音：惊叹的赞同，抑或执拗的误解。

近百年后，这首披着"抒情外衣"的浪漫主义反讽诗，终于遇上了奇特的回音。"洛累莱"的女神形象被进一步击碎，浪漫的反讽也彻底进化为现代的荒诞：

> 诸位好，今日万分荣幸，
>
> 你们可能都认识我了，
>
> 事实上我总是优哉游哉，

人们都称我作洛累莱。

围绕我有诸多传唱，

这点我必须坦诚，

但无人曾目睹过真身，

我的美宛若女神。

我在此端坐了数千年，

无论雨雪日还是艳阳天，

这崖石嵯峨的峭壁，

已让我腰酸背痛心疲。

我歌唱，拨动竖琴，

除此之外做什么才行？

我不知究竟为何缘故，

这歌早已平淡无趣。

每当早晨从睡梦中醒来，

我就梳理我那黄金般的头发，

这是我唯一的财富，

因为这年头黄金不足。

我愿为钢铁献出黄金，

然而终究决心不够，

因为钢铁般的头发简直蠢透，

我的梳子也无法承受。

我没有人类的灵魂，

只作为童话继续生存。

因而也就显而易见，

我为何已年方数千。

我就坦白说吧，

倘若我是人间的少女，

一定无法在那上头，

受这几千年的屈苦。

一位年轻船夫，恰似画中走出，

常驾小舟经过此处。

他在世间只爱一个尤物，

他只爱洛累莱，也就是吾。

瞧他这就又驾船驶来，

你这蠢蛋究竟何苦，

若还不打道回府，

我就用头发甩你脑袋。

这下您见过了洛累莱，

可别忘记她的气派，

于是我也又将消失，

暮色已悄然而至。

越来越黑越来越暗，

我也该慢慢去歇息，

总之您知道这是怎么回事儿哩，

我这就把麦克风关闭。

　　这首彻底的讽刺诗歌出自德国喜剧演员、民歌手卡尔·瓦伦丁（Karl Valentin）。瓦伦丁以洛累莱的口吻，一边弹琴，一边用沙哑的声音絮叨着这个千年传说。旋律依旧是谢尔歇的旋律，歌词也多处影射海涅（例如直接照搬海涅原诗开篇句"我不知究竟为何缘故"），进一步将"童话"与双重的"现实"（海涅的现实与瓦伦丁的现实），"过去"与双重的"今朝"（海涅的今朝与瓦伦丁的今朝）一同捏碎在庸俗琐碎的日常中。而他表演时的讽刺性动作，又让人穿梭回了大海德堡手抄本中宫廷恋歌诗人福格威德的经典姿态——手持里拉琴，跷腿坐在岩石上。海涅的"回音之诗"中暗藏的现代性，仿佛陡然被揭开面纱，放大了百倍千倍，燃起熊熊火焰。

　　海涅与浪漫派文学之间的亲缘性以及他的超越性，都是不言而喻的。正如他在 1854 年的《自白》（Bekenntnis）中的自我定位："尽管我对浪漫派大举讨伐、赶尽杀绝，我依然是一个浪漫派，其程度超过我自己的预料。"与海涅一样，瓦伦丁的作品多是"讽刺"与"感伤"共存，并没有陷入彻底荒诞的虚无中，这种极具张力的幽默后来对布莱希特、贝克特都产生了重大的影响。

　　回到故事本身。与荷马笔下的塞壬女妖一样，岩石上的洛累莱是通过"歌唱"诱惑途经的航海者的。两则围绕"致命女性"（femme fatale）的神话都展现了"歌"的魅惑力。有趣的是，在阿波罗尼奥斯的史诗《阿尔戈英雄纪》中,擅弹里拉琴的俄耳甫斯参加了阿尔戈远征,帮助英雄们顺利通过塞壬栖居的小岛,因为他可以用更美的琴声压倒塞壬鬼魅的歌喉。而他手中的"里拉琴"(Lyra),恰是"抒情诗"(Lyrik)一词的词源,俄耳甫斯也因此成为诗人与歌手的象征。他的胜利在某种意义上也象征着"诗歌"战胜媚术。而海涅能带着时间和精神上的距离,反观船夫的悲剧,并带着自嘲看镜中的自己,也是诗人凭借诗歌的得胜。《洛累莱》的接受史更是音乐魔力具有两重性的明证:诗歌可以借助音乐更有力地突破时代的局限、政治的枷锁;但音乐却也可能反过来为诗歌缠上遮蔽真相的幔帐。所有的读者、听众,都可能成为这种截然相反魔力的见证者。诗歌与音乐,都在等待来自远方的回音。

引用文献

1. Heine，Heinrich. *Sämtliche Werke Bd.1*. München：Kindler，1964.

2. 海涅：《自白——海涅散文菁华》，张玉书译，北京：中央编译出版社，2015 年。

3. Kolb, Jocelyne. Die Loreley oder die Legende um Heine. in：*Interpretationen. Gedichte von Heine*. Hrsg. von Bernd Kortländer. Stuttgart：Reclam，1995.

Der Leiermann

Wilhelm Müller

Drüben hinterm Dorfe steht ein Leiermann

Und mit starren Fingern dreht er, was er kann.

Barfuß auf dem Eise wankt er hin und her

Und sein kleiner Teller bleibt ihm immer leer.

Keiner mag ihn hören, keiner sieht ihn an,

Und die Hunde knurren um den alten Mann.

Und er läßt es gehen alles, wie es will,

Dreht und seine Leier steht ihm nimmer still.

Wunderlicher Alter, soll ich mit dir geh'n?

Willst zu meinen Liedern deine Lieder dreh'n?

摇风琴的人①

威廉·缪勒

村郊站着摇风琴的老翁，
用冻僵的手指全力摇抡
他赤足在冰上来回晃动，
乞讨的小盘却依旧余空。

无人愿侧耳，无人会细瞧，
只有狗儿围着他猚猚叫
他视之淡然，听天由命，
摇着他的风琴从未歇停。

神奇老翁，能否与你同行？
你愿摇动风琴，与吾共吟？②

注释

① 该诗为威廉·缪勒的组诗《冬之旅》中的最后一首。原诗为六音步扬抑格,押邻韵(aabb)。译文尽力体现原文的工整。

② 威廉·缪勒原诗每行都以阳性韵脚重音结尾,舒伯特更是在音乐上特别强调了最后一个问句的最后一个词语 dreh'n,"r"在德语中特有的大舌音,更突显出冰冷旋律的棱角和硬度。

解读

诗人威廉·缪勒的名字被大家所熟知,主要应该归功于舒伯特根据他的组诗创作的两套组曲——1823 年的《美丽的磨坊女》(D.795)与 1827 年的《冬之旅》(D.911)。《摇风琴的人》正是组诗《冬之旅》的最后一首。

就在创作《冬之旅》的那一年,1827 年 3 月 29 日,30 岁的舒伯特与朋友们在维也纳参加了贝多芬的葬礼。当他伴着贝多芬《降 A 大调钢琴奏鸣曲》(Op. 26)中的《葬礼进行曲》,抬着他最仰慕、崇敬的伟人灵柩时,他的脑海里翻腾着什么念头?他一定也在贝多芬的音乐中听到了自己的心声:他们都如此热爱这个世界,却找不到抵抗这个世界之黑暗的武器;他们身边都有不少朋友,却依旧极度孤独。包括他在内的这一代站在贝多芬阴影下的作曲家,在贝多芬之后究竟应该如何作曲?甚至,是否还能作曲?

唯一的例外就是艺术歌曲。在艺术歌曲的世界里,舒伯特是当之无愧的主人;在艺术歌曲的世界里,舒伯特是名副其实的“让一条河从针眼里流过的男人”(特朗斯特罗姆:《舒伯特风格》)。从 17 岁创作《纺车旁的甘泪卿》(D.118)开始,舒伯特就确信,音乐是他的天职,是孤独的他接近这个世界、也让这个世界理解他的唯一途径。而艺术歌曲,是他最独特的表达方式。这位音乐家有很高的文学素养,尤其对诗歌有极其敏感和独到的理解力,这从他艺术歌曲的选诗中便可见一斑:其选用的诗人从感伤主义的克洛卜施托克到古典主义的歌德,从浪漫派早期的蒂克到浪漫派晚期的海涅,甚至还有不太为人所知的诗人吕克特和威廉·缪勒。

从稚嫩到成熟的蜕变过程,有些作曲家需要几十年,这却是舒伯特无法负担的。在他短暂却丰盛的 31 年人生里,这个"工作狂"依靠的是惊人的天赋与顽强。难怪法国画家夏加尔称,莫扎特和贝多芬是天才,而舒伯特则是奇迹。这位奇迹般的音乐家在当时的维也纳乐坛却默默无名,然而周遭人的不理解并没有引起他的不满和愤恨,只是激起了悲伤和振奋。是的,振奋!在现实世界的孤独与无奈中,艺术家对"更美好的世界"的追求却越来越强烈。对于舒伯特来说,这个"更美好的世界"首先便是音乐世界。虽然他的忧郁是深沉的,但他的爱也同样深沉。快乐与痛苦永远位于天平的两端,这尤其体现在他的声乐套曲中。

《美丽的磨坊女》是典型的浪漫主义作品,讲述了一位外出游学的学徒,顺着一条小溪来到一位磨坊主的作坊,爱上了磨坊主的女儿,却惨遭抛弃,最后跳入溪水自尽。组曲以一首欢快的《漫游》开篇,但正如舒伯特几乎所有作品那样,快乐总是暂时的,和谐一般只是假象,再美好的瞬间都会被打碎。组曲中似乎有一个隐形的情绪分割点,前半部分基调轻快喜悦,后半部分则陷入消沉颓丧。

从内容上来看,相较于《美丽的磨坊女》,《冬之旅》可以说几乎没有情节,描述了一位男子在异乡被爱人抛弃后,漫无目的地穿过冬日的旷野、乡村。它是舒伯特艺术歌曲中最具"精神性"的作品,除开篇与终曲外的其余 22 首几乎可以任意打乱次序(事实上,诗人缪勒后来也的确修改过组诗的顺序,而有些演绎者也曾经根据诗人改动后的顺

诗歌精读(19首)

序重编了舒伯特的套曲）。在《冬之旅》中，幻想和希望早已破灭，第一首《晚安》便以凄凉的两句歌词开篇："陌生的我悄然来到，陌生的我又黯然离去"——"我"注定全然孤独、永远流浪。如果说《美丽的磨坊女》描述的是一场外在的旅途，以及旅途中的"爱与痛"，那么《冬之旅》描述的就是一场没有终点的内心之旅，看似是为了消解无疾而终的恋爱带来的苦痛，但在沮丧、消沉、苦楚的持续聚积过程中，伤口没有愈合，读者与听众却逐渐感受到死亡的临近。组曲第一部分（前12首）作于早春，还能在偶尔的瞬间光亮中让听众感到一些残存的"活性"，例如在第五首——著名的《菩提树》中。菩提树是家乡的一棵树，菩提树的呼唤让漂泊者的心暂时回到安宁的家乡。组曲第二部分（后12首）作于晚秋，音乐越来越阴沉，陌生感和孤独感越来越强烈。到了终曲《摇风琴的人》，音乐已降至冰点，完全没有救赎的和谐，只有缩减到极限的音乐表现：浪子如同走入了坟墓中一般，在现实与幻觉的交替中看见了在寒冬中无人问津、独自奏乐的老翁。两个孤独的灵魂在阴瑟的琴声中重叠。

在《摇风琴的人》中，钢琴描摹着老人用冻僵的手摇出的单调乐曲——旋律已被彻底支离，只剩下破碎的音符。整套组曲结束于两个问句——"神奇老翁，能否与你同行？你愿摇动风琴，与吾共吟？"没有任何回答，只留不断重复的风琴声在寒风中作响。这种令人窒息的冷静，留下了未解的空洞——同行至何处？这痛苦的"冬之旅"是否有尽头？

整套《冬之旅》充满了疑问句。在孤独的漫游中，浪子不断向自己发出质问："告诉我，我的路途通往何处？"（第 6 首《泪河》）"窗边

的树叶啊,你们何时才会变绿? 而我,何时才能拥抱我的爱人?"(第
11首《春天的梦》)"为何我总是避免踏上,别的旅人所走过的路? 为
何我总选择隐秘的小道,穿过覆满积雪的山巅?"(第20首《路标》)然
而,没有回答,只有沉默。不仅如此,配上音乐后的诗歌变得充满象征
意义,听众会质疑究竟是谁在提问,是寒冬中的旅人,还是旁观者? 最
后,音乐与诗歌在现实与梦境中不断盘桓——歌中的旅人听到了手摇
风琴声,却没有听到模仿风琴音响的钢琴声;听众并没有真正听到老
翁的手摇风琴声,却听到了钢琴对它的模拟与转化,如同经验者潜意
识中的回响。舒伯特的艺术歌曲由此跨越了文字叙述与音乐叙述之
间的界限,使音乐成为一种言说,而"言说者"既非诗人,又非作曲家,
甚至也不是诗歌中的旅人,而是音乐形象投射出的意志。

　　在这首歌曲中,旋律虽已简单到极致,情感表现力却没有任何削
减。这种内向至极的音乐,可以说是舒伯特的"原创",不仅在萧索的
《摇风琴的人》中,在噩梦般惊人相似的《幻影》(Der Doppelgänger,出
自《天鹅之歌》,D. 957)中,甚至也在他缓慢的《小步舞曲》(Minuet,
D. 334)中——美的艺术悄然逝去,死的艺术默然崛起。从这一意义
上来说,舒伯特的音乐远远超越了他的时代。在创作《冬之旅》的那
一年,也就是音乐家去世前一年,他已很少在乎众人的喜好——他与
当时热衷炫技、对真正的严肃音乐不感兴趣的维也纳乐坛早已相距甚
远。他不停地在爱与痛之间徘徊,频繁地以"爱"与"死亡"为主题进
行创作,在1822年一篇自传性的短篇小说《我的梦》(Mein Traum)
中,舒伯特就袒露了自己对他人怀有的无尽的爱,同时又不得不一次
次远离人群的痛:

　　……他们鄙视我的爱,我却依旧爱他们,于是我又一次流浪去往远方。如今,我长久、长久地唱着歌。一旦我歌唱爱,爱于我便成了痛。而当我转而歌唱痛时,它于我又成了爱。爱与痛就这样将我撕裂。

　　缪勒的诗歌本身带着简朴的深意,却缺少舒伯特歌曲的神韵。倘若说缪勒的诗歌是给痛苦的灵魂挠了挠痒,那舒伯特的歌曲便是彻底戳破了伤口的脓包。倘若说缪勒的诗歌还充满浪漫的神秘,那舒伯特的歌曲就是对这种浪漫的"去浪漫化"——《冬之旅》是所有艺术歌曲中最贴近人类存在之根本悲苦的作品。舒伯特并没有停留在缪勒诗歌中备受折磨的漫游者形象,《摇风琴的人》结尾处的问句,在舒伯特的音乐里听起来更像是种邀请,唯有经历了黑暗、旷野后才有可能发出这种邀请。舒伯特的灵魂走出了令人恐惧的冬日,继续前行,成为在音乐和艺术中不断前行的旅人。虽然《冬之旅》是他最后一套声乐组曲,但他却没有止步于此——《摇风琴的人》并没有成为舒伯特最终的话语。即使在生命的最后几周里,他还在继续修改《冬之旅》,还在渴望突破,想扩展自己的音乐视野,想重新学习对位法。舒伯特生前的最后一封信质朴而感人,他希望挚友朔贝尔(Franz von Schober)能给重病中的他留几本美国作家詹姆士·库珀(James Cooper)的书。他在信的末尾写道:"我的兄弟,严谨本身会给我带来最稳妥的东西,但也可能是别的什么。"在这个意义上,舒伯特可以说是贝多芬精神的真正继承者。

　　对于浪子般到处漂泊的舒伯特来说,最稳妥的东西是什么?他怀着爱与痛寻找的精神还乡之路，是否在音乐中找到了呢？让我们跨越历史来到当代。在2015年岛屿出版社（Insel Verlag）出版的《冬之旅》插图版特辑中，诗歌、音乐、绘画奇妙地融合在一起，其中有七幅插图来自德国北方浪漫主义画家卡斯帕·大卫·弗里德里希（Casper David Friedrich）。弗里德里希的风景画早已超出了风景本身，无论是破落的教堂、月光下的树林，还是山谷里的浓雾、萧瑟的冬日大地，都成为一种隐喻。正如舒伯特音乐中的旅人，他已不再是古典主义成长小说中的漫游者，他行走的步伐早已成为一种渴求，一种祈祷。

1899年，维也纳分离派代表画家克里姆特（Gustav Klimt）通过娟润的画笔，与他最钟爱的作曲家进行了一场跨时空的对话，在名为《钢琴边的舒伯特》（*Schubert am Klavier*）的油画中，几位听众围绕在

克里姆特：《钢琴边的舒伯特》

坐在钢琴边弹奏的舒伯特身边，或聆听，或歌唱。她们身着 19、20 世纪之交的服饰，显然并非舒伯特的同时代人。然而，时代的差异在烛光的明暗交替中被弱化了，旁观者们若隐若现，只有那位身着黑色燕尾服、戴着眼镜、被朋友们戏称为"小蘑菇"的音乐家，有如在聚光灯下般凸现在画面的前景中。画中的舒伯特直视前方，目光穿过烛光，落在画框之外的某处。我相信，那朝着画框之外的注视，已踏出了《冬之旅》的叩问，迎向了"存在于本源之域的生命"。

引用文献

1. 爱德华·科恩：《作曲家的人格声音》，何弦译，上海：华东师范大学出版社，2011 年。

2. Adorno, Theodor. Schubert, in：*Musikalische Schriften IV.Moments musicaux. Impromptus*. Berlin：Suhrkamp, 2003.

3. Müller, Wilhelm. *Die Winterrreise. Mit einem Nachwort von Dietrich Fischer-Dieskau*. Berlin：Insel Verlag, Sonderausgabe 2015.

4. Valentin, Erich（Hg.）. *Die schönsten Schubert-Briefe*. München：Langen Müller Verlag, 1975.

5. Fischer-Dieskau, Dietrich. *Das deutsche Klavierlied*. Berlin：Berlin University Press, 2012.

An die Geliebte

Eduard Mörike

Wenn ich, von deinem Anschaun tief gestillt,

Mich stumm an deinem heiligen Wert vergnüge,

Dann hör ich recht die leisen Atemzüge,

Des Engels, welcher sich in dir verhüllt.

Und ein erstaunt, ein fragend Lächeln quillt

Auf meinem Mund, ob mich kein Traum betrüge,

Daß nun in dir, zu ewiger Genüge,

Mein kühnster Wunsch, mein einziger, sich erfüllt?

Von Tiefe dann zu Tiefen stürzt mein Sinn,

Ich höre aus der Gottheit nächtger Ferne

Die Quellen des Geschicks melodisch rauschen.

Betäubt kehr ich den Blick nach oben hin,

Zum Himmel auf-da lächeln alle Sterne;

Ich kniee, ihrem Lichtgesang zu lauschen.

致爱人

爱德华·默里克

若我，在你的注视中深获安宁，
沉默地因你神圣的价值而欢喜，
我便真的听见天使轻柔的呼吸，
他们就在你的身体里幽然潜隐。

嘴角浮起的微笑中满是猜惊，
不由自问，是否被美梦所欺①，
在你身上，我永恒的情意，
唯一最大胆的渴望已得满盈。②

我的意识从深处坠入更深处，
从那黑夜般的神性之地遥遥，
我听见命运之泉的潺潺佳音。

我在迷幻无措中抬头举目，
望向天穹——一切星辰都在微笑，
跪下，听它们唱咏光之歌吟。

注释

① 原文此处使用了虚拟语态,表示出一种虚幻性、不真实性。

② 原文整个第一段和第二段分别为一整句话,构成了诗人在现实与梦幻的边缘兴奋得喘不过气的一种"情欲色彩"。

解读

这是一位神秘的诗人，一个孤独的灵魂，他的诗歌遇到了一位柔弱敏感的作曲家，一个更孤独的灵魂。两人都是众人眼中的"失败者"，都生活在俗世的边缘：诗人在勉强成为牧师后，也不过将此作为糊口的职业，他的讲道对会众与他自己而言都是一种折磨，所以未到不惑之年便提前退休了；而这个音乐家由于寄给校长一封玩笑式的威胁信被逐出了维也纳音乐学院，从此在极度贫困中生活，与舒伯特一样在壮年死于梅毒。诗人在诗歌上很"老派"，忠实追随歌德；作曲家在音乐上很"新派"，热忱尊崇瓦格纳。两人跨越时空的相遇，却擦出了艺术史上至美的火花。

1888年2月的维也纳，作曲家胡戈·沃尔夫把自己关在隐修院般的简陋小屋里，粗暴地拒绝了一切访问。他在几周时间内不断阅读诗人默里克的诗歌，直到几乎倒背如流。最后，他几乎是一挥而就地完成了53首诗歌的谱曲，其中就包括德国浪漫主义晚期最感人的情诗之一——《致爱人》（No.32）。

这首十四行诗创作于1830年，那时的默里克经过长时间的神学培训、犹豫徘徊，终于升任助理牧师，也与牧师的女儿露易丝·劳（Luise Rau）订婚，他曾在寄给未婚妻的信中附上了此诗。整首诗结构规整，效仿彼得拉克体，全部使用五音步抑扬格，在韵脚上，前两段四行体使用抱韵（abba），后两段三行体韵式为"cde，cde"，全诗共五韵。从内容上看，本诗也接近彼得拉克式情诗，从男性角度对女性进行

"神性"赞美,同时描述爱所带来的痛苦与快乐。

在第一段四行体中,我们仿佛能看到一位深情注视爱人的诗人,爱人在他眼中如天使般神圣。但这种注视在第二段四行体中转为忧伤,诗人在幸福满溢中不由怀疑,这一切难道是真的吗?难道不是梦吗?第二段四行体中,诗人显然将"欲望"置于前景——"唯一最大胆的渴望"是否是纯情欲的,我们不得而知,但诗人渴望"拥有"并"获取"爱的强烈情感已展露无遗。爱情被描述为一种"欲求"(Eros),渴望注视与被注视,渴望认同与被认同,渴望占有与被占有。"欲求"在现实与梦境中的难解难分、相互渗透显然是浪漫主义的,是诺瓦利斯"蓝花"(blaue Blume)之梦的又一次变体。对"蓝花"究竟何为的探索已隐至幕后,追逐"蓝花"的渴望成为支持浪漫派的关键。

诗中的情绪波动与自我质疑使"我"陷入梦境与现实间的灰色地域,到了第一段三行体,"我"的意识不可挽回地继续"从深处坠入更深处",这种下坠却使原本停留在"欲求"层面的爱,骤然升腾为超验的宗教体验。在这个全然不同的境界里,"我"依旧可以听见,却已不再是爱人的呼吸,而是"命运之泉的潺潺佳音";我依旧可以看见,却已不再是爱人的身体,而是"一切星辰都在微笑"。尤其在最后一段的末尾,超然的听觉和视觉体验交织在一起,成为"光之歌吟"。这种修辞学中的"通感"(Synästhesie)手法,让读者获得一种奇特的宗教实存感。

整首诗使用了诸多宗教性词汇,例如第一段中的"神圣"(heilig)、"天使"(Engel),第三段中的"神性"(Gottheit),第四段中的"天穹"(Himmel),但真正赋予诗歌超验性的,是诗歌三行体中的"方向感"。在梦与幻中,"我"的意识朝下"坠入更深处",而这种跌坠并没有带来愤怒与绝望的情感,反而成就了再一次向上的"升华"——"我"在无措中"抬头举目",在星辰的微笑中,"我"全然臣服地"跪下"。黑暗中的坠落、无措中的举目、臣服中的俯伏,两种方向感交织在一起,将这首诗歌提升到至高之境。

沃尔夫的谱曲极其细腻,并没有受到这首十四行诗严格的形式带来的束缚。音乐家精准把握了文字体现出的情感波动。默里克多次使用跨行(Enjabement),使第一段及第二段四行体分别构成一句整句,如同"我"面对爱人时无法停息的倾诉。在沃尔夫的谱曲中,前八句充分依循了瓦格纳的音乐理论,非常注重诗歌的文字性,尽力保留诗人的个人气质,音乐好似在"描摹"和"朗诵"诗歌,如同偷听爱人轻柔呼吸声时情不自禁的低语。到了第一段三行体,人声和钢琴将不安、恐惧、焦虑、无措感带至顶峰。而在第二段三行体中,这种紧张感随着旋律的上扬一直延续到"望向天穹",直到全诗的最后——"一切星辰都在微笑,跪下,听它们唱咏光之歌吟",之前的宣叙调才彻底转为咏叹调,旋律缓缓升起,又徐徐落下,犹如骤然间涌来一股不可抵挡的温柔清泉,将文字化为旋律,将炙热的情诗变成了沉思的祷词。

默里克常常被视作德国比得迈耶文学的代表。所谓"比得迈耶"(Biedermeier)文化,指19世纪初、三月革命前流行于德国新兴中产阶级间的一种介于"平庸"与"高雅"间的审美趣味,无论是室内设计、时装、音乐领域,还是文学领域,都逐渐遁入一种远离政治、无关痛痒的私人风格中。但沃尔夫的谱曲却打开了我们的眼睛和耳朵,重新触碰内心的泉源,挖掘出默里克原作蕴含在平淡中的圣洁。

典型的柏林比得迈耶式房间

　　默里克是被谱曲最多的德语诗人之一,有近850首艺术歌曲是根据他的诗歌所谱的。其名作《被遗弃的少女》(Das verlassene Mägdlein)甚至有超过50种谱曲,谱曲者中不乏舒曼等大师,但真正挖掘出这位神秘诗人复杂内心的,却是与这些大师相比名不见经传的沃尔夫。默里克之于沃尔夫,如同歌德之于舒伯特,海涅之于舒曼,诗人与音乐家之间命运般的相遇,诗与乐之间不可思议的交织,构成了德奥文化中独具特色的遗产。沃尔夫可以说是整个19世纪德奥"钢琴艺术歌曲"传统的继承者,而《致爱人》正是这种传承的最佳代表——他的传承不仅具有舒伯特式的抒情与舒曼式的细腻,还兼备瓦格纳式的戏剧性,因此,他的和声与音色更复杂,情感也更深刻。在他的音乐中,不同的诗人——默里克、歌德、艾兴多夫都获得了独具个人特色的音乐形式。如果说舒伯特是浪漫主义艺术歌曲的开路先锋,那沃尔夫就是其完美的终结者,他不仅使"钢琴艺术歌曲"在舒伯特之后重获新生,也通过这种艺术形式将自己从绝望的精神状态中拯救出来。

创作此诗后的第三年,默里克与《致爱人》中的女主角露易丝·劳解除婚约,并未终成眷属。敏感的诗人一生经历过爱的各种形式与阶段:不顾一切的疯狂热恋、痛苦的分离、无奈的分离、平淡的婚姻、琐碎的家庭生活。或许正因为如此,他不仅可以颂咏彼得拉克式的爱之欢愉与痛苦,还能以"看破红尘者"的视角对世俗之爱进行最彻底的讽刺,在不经意间道出这个不尽如人意的世界的真相,例如在其名诗《永不满足的爱》(Nimmersatte Liebe)的开头,他写道:

> 爱就是如此! 爱就是如此!
> 用亲吻无法平息:
> 谁会愚蠢到用骄矜之水
> 去盛满一口筛子?
> 即使你舀水千年,
> 永永远远地吻个不停,
> 也无法使爱顺从。

　　在度过漫长的晚年后,诗人于 1875 年安然去世,他的好友戈特弗里德·凯勒(Gottfried Keller)将他的死比喻为"安静的山灵从一块地界悄然隐去"。他神秘又寂静的一生,或许正是上帝对他祈祷的回应吧:

主啊!遣我你之所愿,
无论欢愉抑或哀愁;
我都将欢欣喜悦,
两者都源自你手。

请不要用快乐
也不要用痛苦
把我彻底浇灌!
在中庸之道里
却有韶美的质朴。

引用文献

1. Mörike, Eduard. *Werke in einem Band*. Hrsg. von Herbert G. Göpfert. 4. durchges. Aufl., München: Carl Hanser Verlag, 1993.

2. Einstein, Alfred. *Die Romantik in der Musik*. Stuttgart: Metzler, 1992.

3. Fisher-Dieskau, Dietrich. *Der Nacht ins Ohr*. München, Wien: Carl Hanser Verlag, 1998.

4. Kluckert, Ehrenfried. *Eduard Mörike*. Köln: Dumont, 2004.

Mondnacht

Joseph von Eichendorff

Es war, als hätt' der Himmel

Die Erde still geküßt,

Daß sie im Blütenschimmer

Von ihm nun träumen müßt'.

Die Luft ging durch die Felder,

Die Ähren wogten sacht,

Es rauschte leis die Wälder,

So sternklar war die Nacht.

Und meine Seele spannte

Weit ihre Flügel aus,

Flog durch die stillen Lande,

Als flöge sie nach Haus.

月　夜

约瑟夫·封·艾兴多夫

曾经,天空好像①
静静亲吻了大地,
大地于繁花微光中
必定也眷念着天空。

昔日清风拂过田野,②
麦穗轻柔摇曳,
林中飒飒低吟浅唱,
浩淼星空澄亮。③

我的灵魂也展开,
它那宽阔的翅膀,
穿越大地宁静无涯,
仿佛④正要飞回天家⑤。

注释

① 原文第一段使用过去虚拟式,德文中的虚拟式一般用于引用,或用以表示一种不确定的状态。虚拟式给诗歌带来一种"梦境感"。

② 原文第二段和第三段的前三行都使用过去直陈式,在译文中无法一一体现,故在第二段开头加入"昔日"一词。

③ 原文中第一段和第三段均使用了"不完全韵"(unreiner Reim),即韵部不完全相同,但也不完全相异,如第一段中的"mmel"与"mmer",第三段中的"annte"与"ande"。而在第二段中则使用了"完全韵"(reiner Reim)。诗人在韵脚的使用中所蕴藏的深意,会在解读部分深入论述。在译文中,为尽量体现诗人的用意,第一段和第三段的前两行都没有押韵,而第二段则两两押韵。

④ 原文最后一行使用现在虚拟式,故用"仿佛"。

⑤ 此处原文为"nach Haus",即"回家"、"归乡",但由于全诗整体的宗教意象,故译为"天家"以示强调。

解读

艾兴多夫的《月夜》被公认为德国浪漫主义诗歌的瑰宝，托马斯·曼称这首诗为"明珠中的明珠"。然而初读此诗，尤其是译文，估计大部分读者都会产生这样的第一印象：平凡的意象，简洁到几乎单调的语言。究竟是什么让这首诗散发出独特的光辉呢？

这首诗歌最深、最美的质地，恰好正是非常容易在"译"的过程中流失的。

首先值得注意的便是诗人选用的时态。诗人在第一段选用了虚拟式，使"天空亲吻大地"的场景披上了梦中幻境的薄纱。除了用来表现不确定性之外，德语的虚拟式也常用在间接引用中。读者不知不觉就被带入了天神乌拉诺斯与地母盖娅的神话中。在赫西俄德的《神谱》中，从混沌中诞生的大地女神盖娅创造了天空之神乌拉诺斯，并与他生下十二位泰坦神。而这种结合在艾兴多夫的诗歌中，被化为更具浪漫色彩的"天地之吻"景象。

在诗歌第二段和第三段的前三行中，诗人又神奇地运用了过去式，将读者一下子带入回忆中。"清风拂过田野"，这看似平常至极的风景，其实也是"天地之吻"的神话在大自然中的再现——"清风"为天，"田野"为地。读者的目光从上（"清风"）而下（"田野"、"麦穗"、"树林"），最后又朝上望至"浩淼星空"，而这种方向性，正体现了人类灵魂之渴望，也难怪诗末"我"的灵魂开始展翅飞翔。

在整首诗的最后一行，诗人又用了虚拟式——"仿佛正要飞回天家",这一虚拟式超越了一般的"拟人表现",进一步升华了之前所建立的方向性——灵魂似乎穿过了宁静的土地,越过了黑暗的夜空,向着比天更高之处升腾。而那里,一定不是尘世意义的"故乡",而是诗人所渴盼的"天家"。

此外,艾兴多夫所用的韵脚也值得关注。诗人在第一段和第三段中运用了"不完全韵"(unreiner Reim),而在第二段则换为用"完全韵"(reiner Reim)(见注释③),此中也蕴藏了奇妙的用意。恰如"其上不皦,其下不昧":对人类来说,神话的世界与上帝的国度虽朦胧、隐晦,但"上"与"下"在大自然中的相遇、结合却是纯净、明晰的。

这首隐匿在"自然诗"外衣下的"宗教诗",在舒曼的谱曲中获得了更清晰的表现和更鲜活的生命。

《月夜》是舒曼1840年创作的《歌曲集》(Op.39)中的第五首,也是这组声乐套曲中最广为流传的一首。舒曼与克拉拉相恋多年,却受到克拉拉父亲弗里德里希·维克(同时也是舒曼的恩师)的百般阻扰。1840年,经莱比锡法庭裁决,两人终成眷属,而这一年也成了舒曼灵感迸发的"歌曲年"——他在这一年中创作了138首歌曲,其中就包括《歌曲集》和《诗人之恋》(Op. 48)。前者以艾兴多夫的12首诗歌为文本,后者则来自海涅的16首诗歌。

罗伯特·舒曼的父亲奥古斯特·舒曼是个书商、出版商,也从事文学创作和翻译工作。在书堆里长大的小舒曼自幼耳濡目染,很早就开始写诗。在1846年的一篇日记中,舒曼回忆道:"还很年轻时,我就迫不及待地想要创作,但不是想作曲,而是想写诗。"音乐家对文字的敏感与热情,从他对文本的精挑细选中也可见一斑。他曾写道:"纠

画家伊利亚·布伦纳（Ilja Brenner）为纪念克拉拉逝世100周年创作的油画，画中人物从左到右依次为弗里德里希·维克、克拉拉·舒曼与罗伯特·舒曼。

缠于平庸的诗词有什么意义？没有比用音乐的花环把真正的诗人围绕起来更美好的事情了，但浪费这样的花环在平庸的人身上岂不是徒劳？"舒曼的阅读范围也很广泛，除了同时代的德国浪漫主义诗人海涅、艾兴多夫、沙米索（Adelbert von Chamisso）、默里克等人之外，他还为苏格兰诗人罗伯特·彭斯（Robert Burns）及拜伦勋爵（Lord Byron）谱曲。

　　舒曼的《月夜》，比艾兴多夫的诗歌本身更"内在化"。舒曼神奇地用变奏的方式，进一步强化了艾兴多夫简朴的语言。钢琴先奏出一段宁静的前奏，好似月亮逐渐钻出云层，月光缓缓泻在大地上，然后便出现人声部分的主题，歌唱家波澜不惊地唱出前两行诗。随后作曲家出乎意料地再次重复了主题,唱出了第三、第四行诗,接着又是钢琴前奏的重复。第一段的结构即钢琴前奏——人声主题——人声主题的重复——钢琴前奏的重复。

第二段中,舒曼又两次重复人声主题,而且几乎去掉了钢琴的独奏,让旋律的重复性更加显然昭彰。

到了第三段,主题第一次出现了明显的变奏,"我"在诗歌中的出现,给歌曲带来了旋律上的变化。而正是这种与之前已重复了四次的主题间的差异,瞬间打开了诗歌的内在情感。旋律突然变得明亮、开阔起来,恰如"尘世"逐渐褪去、灵魂展翅高飞的图景。而诗歌在最后两行,旋律又回到主题,但舒曼的音乐却在这里形成了与诗歌间的巨大张力——人声在唱出最后的"nach Haus"(直译为"回家")时,旋律不再如前四次重复时那样不断上扬,而是沉沉地往下降,带出平安、温暖的情感。"家"的意象显然被内在化,不单纯影射诗人的故乡,而更是具有宗教意义的"天家"。

艾兴多夫诞生于西里西亚一个虔诚的天主教贵族家庭,其诗歌中的宗教内涵即源于此。凭借舒曼的谱曲,艾兴多夫诗中的"灵魂展翅"超越了海涅那"乘着歌声的翅膀"的浪漫情怀,得以窥见天堂之光,进入深情的宗教维度。音乐勾勒出诗人内心的神秘风景。正如,当我们注视着德国浪漫派画家卡斯帕·大卫·弗里德里希的油画《望月的两个男人》(*Zwei Männer in Betrachtung des Mondes*)时,必定也超越了画中的枯树、月亮,随着画中人的目光望向远处、更远处、深处、更深处。艾兴多夫的小诗《魔杖》(*Wünschelrute*),似乎解释了这种魔力:

万物中皆有歌眠，

在歌里梦个不停。

若你巧遇神妙言，

世界便跃起唱吟。

卡斯帕·大卫·弗里德里希:《望月的两个男人》

引用文献

1. Frühwald, Wolfgang. Die Erneuerung des Mythos. Zu Eichendorffs Gedicht *Mondnacht*, in：*Gedichte und Interpretationen，Bd. 3，Klassik und Romantik.* Stuttgart：Reclam，1984.

2. Schumann，Robert. *Tagebücher. Bd. 2.* Hrsg. von Gerd Nauhaus. Leipzig：Deutscher Verlag für Musik，1987.

3. Fischer-Dieskau，Dietrich. *Das deutsche Klavierlied.* Berlin：Berlin University Press，2012.

4. Adorno，Theodor. Zum Gedächtnis Eichendorffs，in：*Noten zur Literatur I.* Frankfurt am Main：Suhrkamp，1958.

5. Mann，Thomas. *Das Lieblingsgedicht. Antwort auf eine Umfrage der „ Welt am Sonntag".* Fischer E-Books，2011.

6. 罗伯特·舒曼：《我们时代的音乐：罗伯特·舒曼文选》，马克松译，桂林：漓江出版社，2013 年。

Ich bin der Welt abhanden gekommen

Friedrich Rückert

Ich bin der Welt abhanden gekommen,

Mit der ich sonst viele Zeit verdorben,

Sie hat so lange nichts von mir vernommen,

Sie mag wohl glauben, ich sei gestorben!

Es ist mir auch gar nichts daran gelegen,

Ob sie mich für gestorben hält,

Ich kann auch gar nichts sagen dagegen,

Denn wirklich bin ich gestorben der Welt.

Ich bin gestorben dem Weltgetümmel,

Und ruh' in einem stillen Gebiet!

Ich leb' allein in meinem Himmel,

In meinem Lieben, in meinem Lied!

我于此世已经失丧

弗里德里希·吕克特

我于此世已经失丧①，
在那我曾耗费许多时光，
长久以来杳无音讯，
它或许认为，我早已身亡！

它是否以为我已命殒，
我根本不放在心上，
我也根本无法反驳，
因我于世来说确乎已亡。②

我于世界的喧嚣已亡，
安息在宁静之地！
我独自活在我的天空中，
在我的爱③里，在我的歌里！

注释

① 原诗以"ich"（我）开篇，是以个人感受为中心的体现，译文还原该用法，对此用法的批判见解读部分。

② 原诗这一段中用了两个"gar nichts"，即"根本不，根本没有"，然后又用了"wirklich"，即"真的，确实"，故笔者在阐释中说，原诗给人一种强烈的"愤世嫉俗感"。译文中也还原这些用法。

③ 原文使用的是"Lieben"，即"爱"这一动词的动名词形式，而非纯名词形式"Liebe"，即强调行动中的"爱"，而非"爱"本身。

解读

马勒于 1901 年创作的歌曲《我于此世已经失丧》，是他所有歌曲中最安静内敛的一首。聆听的最佳方法，是在黑暗中闭上双眼，让深沉的情感涌入整个身心。

这首歌曲出自马勒 1901 年夏开始创作的《吕克特歌曲集》（*Rückert-Lieder*），其中作曲家选用了德国诗人吕克特的五首诗歌。马勒为《吕克特歌曲集》创作了人声与钢琴及人声与交响乐队两种配乐版本。1905 年，交响乐队版在维也纳首演，由作曲家自己指挥。在德奥大作曲家中，马勒音乐中的欢愉性乐段可以说是最少的，他的音乐总是使人泣、催人思。他多次引用陀思妥耶夫斯基的话："当天地间还有别的生灵在受苦遭罪，我又怎么可能幸福呢？"这样一种对所有生命的怜悯与终极性关切成为马勒音乐的最终主题，而《吕克特歌曲集》无疑是马勒在这种精神与艺术主题中进行歌曲创作的巅峰。

诗人弗里德里希·吕克特（Friedrich Rückert）是一位语言天才，掌握 40 多种语言，同时也是德国"东方学"的创始人之一。虽然他的诗歌曾被包括舒伯特、舒曼、勃拉姆斯、理查·斯特劳斯（Richard Strauss）等名家谱曲，马勒更是对他倾注了近乎执拗的喜爱，但他作为诗人的成就在文学界是极富争议的，不少学者认为他的诗根本不值一提，德国著名文学评论家汉斯·迈耶（Hans Mayer）甚至评判其诗歌是"有问题的"。

但是，马勒对吕克特却始终偏爱有加。除了《吕克特歌曲集》外，他的声乐套曲《悼亡儿之歌》(*Kindertotenlieder*)也取材自吕克特的同名组诗。而且，马勒没有像对待《少年的奇异号角》或汉斯·贝特格(Hans Bethge)的《中国笛》(*Die chinesische Flöte*)那样，根据自己的创作需要改动原诗，唯独在此，他完全遵照吕特克原诗进行谱曲，颇为耐人寻味。要知道，马勒是个在文学方面具有极高品位与敏感度的音乐家，他的第一部歌曲集《旅人之歌》(*Lieder eines fahrenden Gesellen*)用的是他自己的诗歌，他在书信中也常常与妻子阿尔玛深入探讨歌德、克洛卜施托克、荷尔德林的诗歌。在为自己的音乐寻找适合的诗歌时，他总是极其严谨，甚至到了虔敬的程度。马勒之所以选择吕克特的诗歌，可以说正是因为诗句本身的"直接性"："我于世界的喧嚣已亡，/安息在宁静之地！/我独自活在我的天空中，/在我的爱里，在我的歌里！"——这是直接将思想化为生命的语言。这种"直接性"对诗歌来说可能意味着平淡，但却给配乐留下了无尽的空间。文字缺乏色彩性，音乐为其着色；文字缺少律动感，音乐使其颤动起来。马勒的歌曲在此无疑远远超越了诗人的文字。

在吕克特的原诗中，我们能够读到诗人潜意识里的骚动与战斗性的反抗。例如在形式上，诗人通篇使用的交叉韵脚（即 abab 形式），到第二、第三段即出现了不完全韵(hält 与 Welt，-getümmel 与 Himmel)，而且诗歌的节奏也不完全规整。在内容上，诗人以"ich"（我）开篇，这种以自我为中心的表现方式，并无超然感，尤其是诗人在第二段中两次使用"gar nichts"（根本没有），给人以强烈的"愤世嫉俗感"。然而，所有这些世俗性的棱角在马勒的音乐中都被一种素淡的优雅所磨去。没有叹息，没有遗憾，没有勉强，更没有孤傲，在对这个世俗世界

德国浪漫主义时期画家卡尔·古斯塔夫·卡鲁斯:《音乐》

的拒绝中,我们已经从马勒音乐达至的"宁静之地"闻见幽香阵阵,好
似听到在月夜下,一个无人的宇宙自己拨弄着琴弦。

　　马勒如此评价自己的这首歌曲:"及至唇上尽是情感,然而并未
溢出。且,我自己便是这样!"(Es ist Empfindung bis in die Lippen
hinauf, die sie aber nicht übertritt. Und: das bin ich selbst!)那位宣称自
己"于世来说确乎已亡"的诗人,一定深深触碰了音乐家的共感。这
首歌曲由此成为马勒的个人写照:收敛的热情,受控的反抗,及至最
后,遁入安宁朴质之地,构成一首真正的存在之诗。

118

在作曲家创作的人声与钢琴及人声与交响乐队两个版本中，前者更加温柔内敛，人声如同缓缓的朗诵，或强或柔地诵读般歌唱出神性的礼赞。至于后者，交响乐部分的配器更像室内乐作品：双簧管、英国管、两支单簧管、两支巴松管、两支圆号配以一把竖琴奏出的引子，使人忘我如入仙境，原诗中的炭气至此已荡然无存。

梦境，退隐，极乐——《我于此世已经失丧》与马勒六年之后的恢宏之作《大地之歌》（*Das Lied von der Erde*）的终曲，有着相似的飘然隽永的意境。曲终时的七声"ewig"（永远），如同奇幻的凤凰尾羽逐渐消失在天际，似乎乐曲就停落在永恒的云间，女低音的吟唱声中充盈的不仅是最酸辛的弃绝，也是最深沉的希望。在这两首歌中，马勒都选择了东方式的隐遁——在《大地之歌》终曲中，是在归隐于大自然中找到安宁，而在《我于此世已经失丧》中，则是遁入"爱"与"歌"之中。

马勒的主要创作成果，除了规模宏大的交响曲之外，当属艺术歌曲。他的艺术歌曲是在与德国传统艺术歌曲的决裂中诞生的，是对传统德奥形式的背离与瓦解，但可以说，这种背离的发生一半出于有意，一半则是无意。他生逢转折时期，首先是其伟大前辈的"诠释者"与"继承者"，同时又是"先行者"，深知必须打破已然辉煌到了极限状态的艺术规则。这种矛盾同样体现在马勒的身份与性格上：一方面，作为伟大的指挥家、维也纳歌剧院院长，他长于谋略，清醒谋划自己的事业；另一方面，作为一个极具主体自觉的作曲家，他必须让自己独特的创造力充分绽放。正如罗曼·罗兰（Romain Rolland）所说，"他只有合上别人的总谱，隐退到自己内心深处并耐心等待自己再次成为自己之后,才能成为自己的马勒"。他自称是一个"三重无家可归之人:在奥地利他是个波希米亚人,在德意志他是个奥地利人,而在世界上他是个犹太人",他一生都无法摆脱这种陌生感与隔离感。作为一名颇重名誉地位的指挥家,他几乎毫无停歇地游走于各个城市举办音乐会,而作为一个自视甚高的天才作曲家,他又坚定地相信只有作曲才是他的使命与追求。在给妻子阿尔玛的信中,他称自己作为指挥和乐队长的活动"在最高意义上毕竟只是低等级的能力和成绩而已",而作曲家的使命,才是他的"雄心壮志"和不得不背起的"十字架"。

然而,比起这样的创作使命定位更具本质性的原因是——作曲家对他身处的那个时代、那个摇摇欲坠世界的痛彻认识。和马勒有着相似现实判断的同时代艺术家其实还有很多位——作家施尼茨勒(Arthur Schnitzler)笔下的维也纳颓丧凄惶,分离派画家艾贡·席勒(Egon Schiele)笔下的人物扭曲疯狂。和他们相比,马勒的音乐中没有冷酷的嘲讽,没有灵魂的丧失,虽然身处黑暗,但他依旧渴望触及隐秘的光亮之所在。"生于这个世界,却不属于这个世界"——或许,作曲家马勒,而不是诗人吕克特,才是"我于此世已经失丧"状态的更好诠释者。也正因为如此,当那个时代的乐坛不理解自己时,马勒依旧可以自信地直呼:"我的时代会到来的!"

引用文献

1. Grange, Henry-Louis de la &Weiß, Günther（Hg.）. *Ein Glück ohne Ruh'. Die Briefe Gustav Mahlers an Alma*. Berlin: Siedler Verlag, 1995.

2. Fischer-Dieskau, Dietrich. *Das deutsche Klavierlied*. Berlin: Berlin University Press, 2012.

3. Gerlach, Reinhard. *Strophen von Leben, Traum und Tod. Ein Essay über Rückert-Lieder von Gustav Mahler*, Wilhelmshaven: Noetzel, 1983.

第二部分

形式的融合

Ballade des äußeren Lebens

Hugo von Hofmannsthal

Und Kinder wachsen auf mit tiefen Augen,

die von nichts wissen, wachsen auf und sterben,

und alle Menschen gehen ihre Wege.

Und süße Früchte werden aus den herben

und fallen nachts wie tote Vögel nieder

und liegen wenige Tage und verderben.

Und immer weht der Wind, und immer wieder

Vernehmen wir und reden viele Worte

und spüren Lust und Müdigkeit der Glieder.

Und Straßen laufen durch das Gras, und Orte

Sind da und dort, voll Fackeln, Bäume, Teichen,

Und drohende, und totenhaft verdorrte...

Wozu sind diese aufgebaut? Und gleichen

Einander nie? Und sind unzählig viele?

Was wechselt Lachen, Weinen und Erbleichen?

Was frommt das alles uns und diese Spiele,

Die wir doch groß und ewig einsam sind

Und wandernd nimmer suchen irgend Ziele?

Was frommt's, dergleichen viel gesehen haben?

Und dennoch sagt der viel, der „ Abend"sagt,

Ein Wort, daraus Tiefsinn und Trauer rinnt

Wie schwerer Honig aus den hohlen Waben.

外部生活叙事曲

胡戈·封·霍夫曼史塔

并且[1]孩子们带着深色眼睛长大，
一无所知，长大，然后亡故[2]，
并且所有人都行各自的旅程。

并且酸涩的果实会变得甜熟
并在夜晚如死去的鸟儿般落坠
并躺着数天，最后溃腐。

并且风一直吹，一直吹[3]，
我们耳听八方，且妙语连珠
并感觉到肢体的欲望与疲惫。

并且道路穿过草地，村庄散落此处彼处，
满是太阳光斑、树木、池塘，
即将凋枯，死般凋枯……

为何他们被如此建构？并且互相
绝不雷同？多得难以数计？
什么改变喜笑哀哭、衰败沧桑？

这一切对我们及这些游戏何益，

这样的我们④，伟大并永远孤独

流浪，却永不寻找任何目的？

反复看着同样的东西有何用处？

然而那说"日暮"⑤者已道出许多，

一个词，深意与悲哀从中淌出

犹如沉重的蜂蜜从空洞的蜂房中溢出。

注释

① 连词"und"在原诗中共出现了 25 次,在前四段中更是不断重复出现(17 次),且前四段每段都以"und"开头。译诗尽量还原原诗这一奇特的用词,基本保留,译作"并且"、"并"或"且"。

② 原诗采用"三行体",即每段均为三行,韵脚轮替出现。但诗人没有从头至尾规整地使用三行体,而是从第二段才开始与第一段第二行的"sterben"(亡故)押韵,即第一段韵脚为 xay,第二段才开始三行体的 aba,第三段为 bcb,以此类推,然后在最后一段又打破这一规律。诗人选择用三行体有其深意(在解读部分会详细阐述),故译文尽量还原原文的韵脚规律。

③ "风"是巴洛克虚空派诗歌中常见的意象,可联想到 17 世纪德国最重要的诗人格吕菲乌斯(Andreas Gryphius)的名诗《一切皆是虚空》(Es ist alles eitel)。它也出现在《传道书》中,和合本《圣经》翻译为"我见日光之下所作的一切事,都是虚空,都是捕风"。

④ 这里的"我们",与第八行中的"我们"应该各有所指。原文中此处为"die wir",即在人称代词"我们"前加上表限定的冠词,这种用法非常特殊。诗人用这个冠词来表示这是之前所说的"我们"(芸芸众生)中特定的一群"我们"——这群人在体悟了外部生活的虚无之后,思考存在的意义和价值,因此"伟大并永远孤独"。

⑤ "Abend"表示"晚上",是介于"日"与"夜"之间的时间,此处译为
"日暮",更增强这个词所表示的这种过渡性。这一过渡性时间对
霍夫曼史塔来说尤为关键,正如"夜"之于荷尔德林一样,是其诗学
中的决定性因素。

解读

本诗是奥地利作家胡戈·封·霍夫曼史塔的早期诗作,原名为《关于外部生活期间的三行体诗》(Terzinen von der Dauer des äußeren Lebens),后来诗人自己将标题改为《外部生活叙事曲》。

原诗标题清晰地指出了诗人采用的诗体结构:三行体。三行体是一种源自意大利的诗体形式,诗歌总长度任意,但每段均为三行,且韵脚轮替出现,即第一段韵脚为 aba,则第二段为 bcb,第三段为 cdc,以此类推。韵脚的轮替产生了流动性,诗行如流水般往前跃动不歇。这种极富音乐性的诗体让人联想到复沓交替的轮舞形式。最经典的三行体诗歌当属但丁的《神曲》,其中又蕴含了基督教宇宙观中的"三一秩序"。然而,用意大利语押韵相对容易,德语诗歌中则较少出现这种锁韵诗,霍夫曼史塔却使这种古老的诗体在现代德语诗歌中得到了重生。1894 年夏,诗人一连创作了四首三行体诗,并将其中一首命名为《关于稍纵即逝》(Über Vergänglichkeit),诗人对三行体的偏爱从此一发不可收拾。

在《外部生活叙事曲》中,诗人没有从头至尾规整地使用三行体,而是从第二段才开始与第一段第二行的"sterben"(亡故)押韵,即第一段韵脚为 xay,第二段才开始三行体的 aba,第三段则为 bcb,以此类推。

值得注意的是,"und"一词在诗中共出现了 25 次,在前四段中更是重复出现 17 次,且前四段每段都以"und"开头。这个表示"和,以及,并且"的连词如此高频率地出现在诗中,看似突兀,其实与诗歌所描述的虚无感十分匹配。诗歌前四段不断描写外部世界的虚无,一切都在生长与死亡、成熟与败坏之间循环往复,诗人使用了巴洛克时期"虚空派"(Vanitas)的很多经典意象:如象征着衰亡的果实,象征着易逝的风。

在描述"外部生活"无意义的反复之后,诗歌从第五段开始出现转折。每一段都以疑问代词开始,关于存在本质的叩问狂轰滥炸般泻下:这个世界为何被如此构建?这么多不同的人重复着相同的生命轨迹,究竟有何意义?而对于"我们"这些"伟大并永远孤独"的思考者,这虚无的"外部生活"有什么价值?诗人在"实"与"空"之间不断徘徊:"外部生活"充满了各种不同事物的堆积,而诗人的"内心世界"却只体验着空虚和飘渺。

但是诗歌没有走向彻底的消极和无望,诗人神奇地从"日暮"(Abend)一词中找到了意义之所在:"然而那说'日暮'者已道出许多,一个词,深意与悲哀从中淌出。""日暮"(Abend)介于"日"(Tag)与"夜"(Nacht)之间。无论白日里人们如何"耳听八方"、"妙语连珠",所有的"欲望与疲惫"都停歇在"日暮"时分,余下的只有贫乏和虚无。德文里有一个奇特的词语"Feierabend",意指"收工",它由"Feier"(庆祝、庆典)与"Abend"(日暮)组合而成。日暮时分,也正是一切收工之时,白日的贫乏与虚妄在此停息,可怖的黑夜却还未到来。神在创世第六日收工时,"看着一切所造的都甚好"(《创世记》1:31),人在日暮时也应退而内省。如果说芸芸众生在一日的狂欢纵欲之后只是沉沉睡去,那么"伟大并永远孤独"的思考者则是在"日暮"

时分更清晰地看到了现实。我们在此不禁联想到荷尔德林组诗《面包与葡萄酒》中的第一首。然而对于霍夫曼史塔而言,即使无力改变,但单单这"看到",单单"日暮"这个词本身,便已带来不同。从"日暮"的晦暗中流淌出向死而生的"深意与悲哀",内在的无限终于可以超越空洞外部生活的局限,超验的恩泽战胜了被世俗击倒后的痛苦。

于是意义终于被寻到,"犹如沉重的蜂蜜从空洞的蜂房中溢出"。蜂巢呈正六边形,除了可以让蜜蜂居住之外,还可以孵化蜜蜂的幼虫,并储存蜂蜜和花粉,但它互相嵌套、不断叠加的形状,正代表了循环往复的"外部生活"图景,因此,"空洞的蜂房"就象征着看似丰盈实则空虚的人生。即便如此,依旧有"沉重的蜂蜜"从中流出。蜂蜜是丰饶的象征,以色列人的应许之地迦南,在《旧约》中就被描述成一个流淌着奶和蜂蜜的肥沃美地。"沉重的蜂蜜"象征着沉穆庄重的安宁,在不可言喻的深渊中,意义显现。

巧妙的是,诗歌最后一行的"Waben",又与开篇第二行的"sterben"(亡故)构成了不完全韵,一切似乎又轮回到了开始,却已经不同。

这或许就是作者如此青睐"三行体"的原因,轮替的韵脚带来声音上的流动性,如同不断旋转的陀螺,让人看到真实背后的虚无。在其他深受"世纪末情绪"(Fin de Siècle)影响的维也纳艺术家中,也能找到对"旋转"的艺术形式的钟爱。在被誉为"奥地利现代文学之父"的施尼茨勒(Arthur Schnitzler)的剧作《轮舞》(Reigen)中,社会地位各不相同的十个男女,轮流结对、互相勾引,上演了情欲的游戏,在无尽的旋转与追逐中,虚伪尽显无遗。同样,在维也纳分离派代表人物

克里姆特：《死亡与生命》

克里姆特的巨幅油画《死亡与生命》（*Tod und Leben*）中，死神奸笑着凝视生者的轮舞：从婴儿到老妇的轮回，被围裹在五彩斑斓的克里姆特式色块中，赤裸的他们如此无知地互相拥抱，殊不知死神正拿着斧头，随时准备袭击。

巴洛克时期的"虚空"艺术，其背后是宗教性的洞察，是《旧约·传道书》中的悲叹——"虚空的虚空，凡事都是虚空"（《传道书》1：2），"我见日光之下所做的一切事，都是虚空，都是捕风"（《传道书》1：14），从而将人的目光引向丰盛的上帝之国。而维也纳现代派的"虚空"艺术背后，显然也有终末论、宿命论的影子。疯狂的世界虽然走向"日暮"，但只有在末世，秘密才会被揭开，永恒的救赎才会到来。

在 19 世纪末,现代化进程使整个欧洲发生巨大的变化,技术的进步既让人崇敬,又让人不安。未来似乎充满了无限的可能,但也暗含巨大的危机,狂热与恐惧的交织带来了文化上的一次蓬勃,在哲学、绘画、建筑、音乐、文学等领域都出现了一批极具影响力的知识分子:弗洛伊德、克里姆特、埃贡·席勒、奥托·瓦格纳、马勒、勋伯格、卡尔·克劳斯、施尼茨勒,当然也包括霍夫曼史塔。

回到这首诗歌,既然使用三行体,诗人为何还要勉为其难地称其为一首叙事曲?这便是荒诞的力量:没有情节的叙事,堆积起琐碎的外部生活,在文字与声音构成的轮替中,超越尘世的意义才浮现出来。搅扰在虚无的循环中的三行体已经终止,因为深意在晦暗中已如浪潮般涌来。不是在骤来的强烈光照中,而是不可察觉地潜入了"日暮"时分。正如霍夫曼史塔的墓志铭所书:"我的命运一定超越,此生纤弱的火苗,抑或狭长的竖琴。"

引用文献

1. Bogner, Gerhard. Ballade des äußeren Lebens, in: *Interpretationen Moderner Lyrik*. Hrsg. von Otmar Bohusch.Frankfurt am Main: Diesterweg, 1981.

2. Gräff, Thomas. *Gedichte der Jahrhundertwende (1890—1910)*. Oldenbourg: Wissenschaftsverlag, 1991.

3. Wunberg, Gotthart (hrsg.). *Die Wiener Moderne: Literatur, Kunst und Musik zwischen 1890 und 1910*, Ditzingen: Reclam, 2000.

4. Schorske, Carl E. *Fin-De-Siecle Vienna: Politics and Culture*. New York: Vintage, 1980.

Ich erstaune tief in Scheu

Konrad Weiss

Ich erstaune tief in Scheu,

wie sich alles fügt,

nicht gewollt und nur getreu

mich kein Ding betrügt,

wie ich einen Willen tun

in Entfernung muß,

doch der Wille hüllt mich nun

wie in Baumes Nuß.

Immer in Bewegung ich

War doch immer Ruh,

wie ich dachte, regend mich

handeltest nur du.

Wirf die Nuß ins Ackerland,

wenn der Baum erbebt,

ich bin nicht, in deiner Hand

sieh die Schöpfung lebt,

ich bin alles, Menschen auch ich,

wandelirrer Stern,

ihn gebar die Jungfrau sich

und ich harre gern.

Unerschütterlich erblüht

Wird dies Herz in Gott,

Singe mir das Wiegenlied,

Jungfrau Kummernot.

我惊异于畏惧中[①]

康拉德·魏斯

我惊异于畏惧中，
万物顺天[②]，
并非自愿只是服从
物不欺我，

如果我想实现意愿
就必渺茫，
而今意愿包裹住我
如树上坚果。

我身在动中实则是
处在静中，
随己愿而活殊不知
唯你操控。

长高的树将坚果
抛向田地，
我不在,于你手中
看造物不息，

我是一切，亦为人，
迷失星辰，
童女怀孕生子
我愿期待。

这颗心在神里
巍然绽放，
给我唱这摇篮曲，
童女的惆怅。

注释

① 原诗无标题。诗歌单数行均采用四音步扬抑格，双数行均采用三音步扬抑格，且押 abab 式的交叉韵，在形式上体现出平缓摇晃的摇篮曲形式。拙译无法做到完全还原这一颇具匠心的形式，只能尽量体现。

② 原文使用"sich alles fügen"。

解读

康拉德·魏斯这个名字，直至今日依旧隐藏在德国文学史的角落里。这位名不见经传的天主教诗人，却对德国著名政治学家、法学家卡尔·施米特(Carl Schmitt)产生过重大影响。自恃甚高的施米特不仅对魏斯推崇备至，而且将其视为自己思想最后的战友。事实上，无论对当时盛行的表现主义，还是对现代基督教诗歌来说，魏斯都是个局外人。他的宗教诗歌时常惹恼虔诚的天主教徒，因为他神秘的诗性语言与他们所熟悉的布道台上的清晰说教有天壤之别。

魏斯1880年出生于施瓦本地区的劳恩布莱钦根，他的父亲是个屠夫，母亲是个裁缝，全家都是朴实虔诚的天主教徒。魏斯一生极少迁移，孤单寡交，没什么起眼之处。他起先立志成为神父，在图宾根大学学习了七个学期的天主教神学，经过长期的内心交战后，在1903年圣诞节前夕决定放弃走神职人员的道路。随后，他又先后在慕尼黑大学和弗莱堡大学学习艺术史和日耳曼语言文学，最终依旧没有毕业就离开了大学。

1905年，魏斯在慕尼黑作为编辑部秘书就职于天主教月刊《高地》(Hochland)。三年后，他开始负责该月刊的美术版，也因此有更多机会接触到各种基督教艺术。同时，他与《高地》之间产生的分歧也越积越多。1920年，魏斯被赶出《高地》编辑部，主编讽刺地说，魏斯应该先学一下怎样正确使用德语，因为他的语言总是有种充满伤痕的"破碎感"。幸运的是，同年他就结识了施米特，并由后者推荐进入当时南德发行量最大的日报《慕尼黑新闻》，负责报道慕尼黑及周边地区的艺术展出。魏斯任职于此直到 1940 年去世。

魏斯从 1914 年开始写诗。1918 年，38 岁的他才出版了第一部诗集。虽然之后陆陆续续出版了几部诗集，但魏斯却始终与当时的文艺界保持着一种若即若离的关系。1940 年去世时，他还留下了大量未发表的遗作。不幸的是，部分作品原稿在二战的战火中被摧毁。直到 1961 年，他的作品集才首次由克塞尔出版社（Kösel Verlag）在慕尼黑出版。

施米特在一封给阿尔敏·默勒（Armin Mohler）的信中，曾把这首诗歌引为自白。魏斯用"树上坚果"这一意象来表现被神的意愿包裹住的"我"。树上的坚果看似处在不断"动"的过程中——落入土中、生根发芽，实则是"静"的，因为真正行动的是造物主。万物只不过是传递上帝意愿的载体。因此，诗人也只能"在畏惧中惊异于万物顺天"。

诗歌的前四段似乎只是在描述世间万物对全权与伟大的造物主的顺服，但是随着诗人笔锋一转，这种看似被动的存在通过"童女怀孕生子"这一历史现实"巍然绽放"。诗人创作的，正是一首奇特的摇篮曲——一首惆怅的摇篮曲，一首期待中的摇篮曲。

摇篮曲，顾名思义，是哄孩子入睡时唱的歌曲，一般旋律安静平缓。这首诗在形式上也犹如微微摇晃着的摇篮一般：全诗单数行全部采用四音步，双数行全部采用三音步，且押 abab 式的交叉韵。于是四音步诗行与三音步诗行就如温柔起伏的海浪，彼此交错地缓缓翻涌。但诗人又在这种从容的节奏中注入了坚定刚毅之气：全部 24 行诗都以重音起首（扬抑格），以重音结束（阳性韵脚）。正如被坚硬外壳包裹的坚果，所有的孤寂与愁苦，都被拥抱在信仰的坚贞与希望中。

除了在形式上，从内容来看，"摇篮曲"亦是本诗的重点之所在。这首含着"童女的惆怅"的摇篮曲，恰恰象征着从"破碎"到"完满"的过程。在基督教传统中，童贞女玛利亚因着圣灵感孕，诞下救世主耶稣。当天使向她预告这一"使命"时，她十分惊慌：自己只是一个普通的少女，而且还未嫁，如何能蒙此恩典？虽然因不全然了解上帝奥秘的安排而感到惆怅，但她依旧无条件地顺从接受了自己的这一"天命"，说："我是主的使女，情愿照你的话成就在我身上。"（《路加福音》1：38）

在惆怅中唱着摇篮曲的玛利亚，与魏斯另一部作品中的重要形象——基督教的厄庇墨透斯一脉相承，体现了魏斯独特的神学观。在发表于1933年的名为《基督教的厄庇墨透斯》（*Der christliche Epimetheus*）的论文中，魏斯赋予了这一希腊神话人物基督教意义。根据赫西俄德的描述，宙斯因普罗米修斯盗火而惩罚人类，就赐给他的兄弟厄庇墨透斯美丽的潘多拉以及她那不吉利的宝盒：盒子一打开，各种灾难祸患瞬间涌入了人间，而唯一积极的礼物——希望，则被压在了盒底，还没来得及出来，盒子就被关上了。只有待到再次重启潘多拉的宝盒时，希望才能出现。按照传统理解，厄庇墨透斯是一个愚钝的、事后才考虑后果的角色，与英勇的先行者普罗米修斯正好相反（普罗米修斯即 Prometheus，其中的"pro"意为"预先"，"metheus"意为"思考、理解"；厄庇墨透斯即 Epimetheus，其中的"epi"则意为"事后"，因此 Epimetheus 的含义即"事后理解者"）。但魏斯在

意大利画家法里那蒂描绘潘多拉
向厄庇墨透斯献上宝盒

这篇论文中,却对这种传统定位提出质疑,他分析说:"厄庇墨透斯没有预见什么,而只是在所发生的事情上带着对将来的希望。"他没有预先考虑神的"礼物"(潘多拉即 Pandora,意为"礼物")可能带来的后果,而仅仅将其当作自己应负之厄来承担。厄庇墨透斯如同玛利亚那样,谦卑地领受"天命",虽然不清楚神的大计划是什么,也不明白自己在这一大计划中的意义,但即使陷入愁苦也无条件顺服,依旧不像普罗米修斯那样,试图依靠个人力量高傲地掌控自己的命运。

魏斯的诗中,在惆怅中期待着的玛利亚吟唱着一首既温柔又哀伤的摇篮曲,这一形象其实可以追溯到中世纪,例如在古老的圣诞歌曲《约瑟,我亲爱的约瑟》(Joseph, lieber Joseph mein)中,玛利亚常常表现为一位柔弱顺服的女子,独自摇着摇篮,恳求丈夫约瑟和天父来帮助她,同时又在摇着的小耶稣身上,勇敢地期盼着未来。

魏斯的诗歌从不影射某一具体事件,而是注重对外部经历的内在思考,总是展现诗人用充满灵性的眼睛所观察到的世界,诗中充满了上帝由上而下的光照。此外,他的诗中不仅有一颗深沉热爱大自然与世界的心，还有一个孤独却不孤傲的灵魂。他的诗蕴含着一种黯淡不皎的气息，他对超验的深不可测小心谨慎、恭顺谦卑，正如一首首在惆怅中哼唱的摇篮曲。

但也正是在魏斯的作品中，被称为纳粹"桂冠法学家"的施米特找到了一条为自己在纳粹时期的政治行动辩解的途径，他把自己塑造为一个在历史中谦卑顺从、期待盛开的"法学界的神学家"。他以信仰的名义，站在了自认为符合其神学信仰的国家立场的一边，声称那就是他在历史现实中对上帝的无条件顺服。然而，我们不得不反思这个问题：这首摇篮曲里，除了"顺服"与"期待"，难道不还有母亲对孩子的爱吗？"如今常存的有信、有望、有爱这三样，其中最大的是爱。"（《哥林多前书》13：13）抽去了爱，任何的信、任何的望，即使言之凿凿，也是死的，甚至是可怕的——当在惆怅中期待的童贞女形象被魏斯扩展为希腊神话中的厄庇墨透斯，甚至被施米特扩用到自己身上，爱的因素就被逐渐抹去，成为一种与纳粹恐怖相契合的自辩。

引用文献

1. (Hg.) Kemp, Friedhelm. *Marbacher Magazin*, *15. Sonderheft*. Marbach: Deutsche Schillergesellschaft, 1980.

2. Schmitt, Carl. *Briefwechsel mit einem seiner Schüler*. Hrsg. von Armin Mohler in Zusammenarbeit mit Irmgard Huhn und Piet Tommissen. Berlin: Akademie Verlag, 1995.

3. Weiß, Konrad. *Dichtungen und Schriften*, *Bd. 1*, *Gedichte*. Hrsg. von Friedhelm Kemp. München: Kösel-Verlag, 1961.

4. Weiß, Konrad. *Der christliche Epimetheus*. Berlin: Edwin Runge, 1933.

5. Nyssen, Wilhelm. *Die Erneuerung der westlichen Welt aus dem Geist der Väter*. Mainz: Matthias-Grünewald-Verlag, 1979.

Todesfuge

Paul Celan

Schwarze Milch der Frühe wir trinken sie abends

wir trinken sie mittags und morgens wir trinken sie nachts

wir trinken und trinken

wir schaufeln ein Grab in den Lüften da liegt man nicht eng

Ein Mann wohnt im Haus der spielt mit den Schlangen der schreibt

Der schreibt wenn es dunkelt nach Deutschland dein goldenes Haar

Margarete

Er schreibt es und tritt vor das Haus und es blitzen die Sterne er

pfeift seine Rüden herbei

Er pfeift seine Juden hervor lässt schaufeln ein Grab in der Erde

Er befiehlt uns spielt auf nun zum Tanz

Schwarze Milch der Frühe wir trinken dich nachts

wir trinken dich morgens und mittags wir trinken dich abends

wir trinken und trinken

Ein Mann wohnt im Haus der spielt mit den Schlangen der schreibt

Der schreibt wenn es dunkelt nach Deutschland dein goldenes Haar

Margarete

Dein aschenes Haar Sulamith wir schaufeln ein Grab in den Lüften da liegt man nicht eng

Er ruft stecht tiefer ins Erdreich ihr einen ihr andern singet und spielt
er greift nach dem Eisen im Gurt er schwingts seine Augen sind blau
stecht tiefer die Spaten ihr einen ihr andern spielt weiter zum Tanz auf

Schwarze Milch der Frühe wir trinken dich nachts
wir trinken dich mittags und morgens wir trinken dich abends
wir trinken und trinken
ein Mann wohnt im Haus dein goldenes Haar Margarete
dein aschenes Haar Sulamith er spielt mit den Schlangen

Er ruft spielt süßer den Tod der Tod ist ein Meister aus Deutschland
er ruft streicht dunkler die Geigen dann steigt ihr als Rauch in die Luft
dann habt ihr ein Grab in den Wolken da liegt man nicht eng

Schwarze Milch der Frühe wir trinken dich nachts
wir trinken dich mittags der Tod ist ein Meister aus Deutschland
wir trinken dich abends und morgens wir trinken und trinken
der Tod ist ein Meister aus Deutschland sein Auge ist blau
er trifft dich mit bleierner Kugel er trifft dich genau
ein Mann wohnt im Haus dein goldenes Haar Margarete
er hetzt seine Rüden auf uns er schenkt uns ein Grab in der Luft

er spielt mit den Schlangen und träumet der Tod ist ein Meister
aus Deutschland

dein goldenes Haar Margarete

dein aschenes Haar Sulamith

死亡赋格

保罗·策兰

朝时①的黑牛奶我们暮时喝它

我们中午喝它早上喝它我们夜里喝它

我们喝呀喝

我们在空中挖掘坟墓那儿躺着不拥挤

住在屋子里的男人他玩蛇他写信

他写信当暮色降临德国你黄金般②秀发的玛格丽特③

他写着并走到屋前星光璀璨他吹口哨唤来猎犬

他吹口哨唤犹太人到面前让他们在地上挖掘坟墓

他命令我们现在开始演奏舞曲

朝时的黑牛奶我们夜里喝你

我们早上喝你中午喝你我们晚上喝你

我们喝呀喝

住在屋子里的男人他玩蛇他写信

他写信当暮色降临德国你黄金般秀发的玛格丽特

你灰烬般④发丝的书拉密女我们在空中挖掘坟墓那儿躺着不拥挤

他大喊往地里掘得更深些你们这群唱歌演奏你们那帮

他抓起腰间的手枪挥舞他有蓝色的双眸⑤

把铲子插得更深些你们这群继续演奏舞曲你们那帮

朝时的黑牛奶我们夜里喝你

我们中午喝你早上喝你我们晚上喝你

我们喝呀喝

住在屋子里的男人你黄金般秀发的玛格丽特

你灰烬般发丝的书拉密女他玩蛇

他大喊把死亡奏得更甜蜜些死亡是来自德国的大师

他大喊把提琴拉得更阴暗些然后你们就化为烟升向天空

然后你们在云彩里就有个坟墓那儿躺着不拥挤

朝时的黑牛奶我们夜里喝你

我们中午喝你死亡是来自德国的大师

我们晚上喝你早上喝你我们喝呀喝

死亡是来自德国的大师他的眸子是蓝的

他用铅弹射你他射得精准无比[⑥]

住在屋子里的男人你黄金般秀发的玛格丽特

他令他的猎犬追赶我们他送给我们天空中的坟墓

他玩蛇发梦死亡是来自德国的大师

你黄金般秀发的玛格丽特

你灰烬般发丝的书拉密女

注释

① 泰奥·布克(Theo Buck)认为,策兰诗中的"Frühe"并不是一个时间概念,而是指在生与死之间的不确定疆界,因此不译为"清晨"、"黎明"等,而选用更为模糊的"朝时"。

② 原诗使用"goldenes Haar",如果译为"金发",就无法体现这一女性形象与海涅诗中魔女"洛累莱"之间的联系(参见本书关于海涅《洛累莱》的解读)。"金发的"一词在德语中一般用 blond 而不是golden,"golden"(如黄金般的)一词更突出了"玛格丽特"的女神形象。

③ 玛格丽特即歌德伟大诗剧《浮士德》第一部中悲剧女主角甘泪卿(Gretchen),甘泪卿是玛格丽特的昵称。她在德意志文化中也逐渐成为纯洁美好女性的象征。同时,玛格丽特(Margarete)这个名字,又可以让人联想到基督教传统中以长发著称的抹大拉的玛丽亚(她曾用自己的长发去擦拭涂在耶稣脚上的香膏),以及耶稣基督的母亲玛利亚(Maria)。

④ 原诗使用"aschenes Haar",如果译为"灰发",就无法表现出这一女性形象对大屠杀悲剧的映射。"灰发的"一词在德语中一般用 grau而不是 aschen,"aschen"(如灰烬般的)一词能不直接提及"焚尸炉"、"毒气室",却让人联想到在大屠杀中化为灰烬的 600 万犹太人。

⑤ 策兰运用了赋格音乐中常出现的主题重复及主题变奏,对一些意

象进行轻微改动,例如第 17 行的"蓝色的双眸"与第 30 行的"眸子是蓝的",第 4 行的"在空中挖掘坟墓"与第 8 行的"在地上挖掘坟墓",以及第 33 行的"送给我们天空中的坟墓"等。

⑥ 第 30、31 行是原诗中唯一押韵的两句(blau, genau),也是最为写实的两句。

解读

保罗·策兰的《死亡赋格》无疑是大屠杀文学的高峰和里程碑。这位经历了集中营噩梦的犹太诗人起初将诗命名为《死亡探戈》,影射诗中"死之舞"的意象,后又改名为《死亡赋格》,可见赋格的"音乐性"对诗歌表现来说更为重要。赋格是一种多声部的作曲手法,拉丁文"fuga"一词的含义与"fugere"(逃亡)及"fugare"(追逐)相关。策兰在这首没有标点符号的诗歌中,利用赋格音乐的创作手法,用文字构建了"追逐"与"逃亡"间的紧迫感,而冷峻的细节描写又让这首诗远离"艺术的游戏",如此决然地刺破任何可能的"纯艺术"面纱而直抵残酷的现实本身。

赋格的主要结构是首先在一个声部上出现一个主题,然后在不同声部上模仿这个主题,各声部互相交错,构成互相追逐的效果。在策兰的诗歌中,我们也能清楚地找到这种重复与变奏。例如第1行的赋格主题"朝时的黑牛奶我们暮时喝它"到了第10行变奏为"朝时的黑牛奶我们夜里喝你",第19行和第27行又是对第10行的重复。诗人在各个插部也同样运用了这一手法:例如第4行的"在空中挖掘坟墓"和第8行的"在地上挖掘坟墓";第17行的"蓝色的双眸"与第30行的"眸子是蓝的"等。

策兰此诗的结构也模仿赋格曲。全诗共7段,第一段9行,第二段6行,第三段3行,第四段5行,第五段3行,第六段8行,最后一段2行。仔细阅读就会发现,这首赋格中最著名的比喻"朝时的黑牛奶"

一共出现四次（第一、二、四、六段的开头），而这四句也是整首诗歌中仅有的以重音起首（扬抑格）的诗行，这一奇特的矛盾修辞用法似乎划分了该诗的整体框架，使诗歌清晰地呈现为五个部分：第一部分9行，第二部分9行（6+3），第三部分8行（5+3），第四部分8行，最后一部分2行，前四部分每一部分都由"朝时的黑牛奶"起头。其中有两段只有三行，描述的都是残暴的"他"，也是诗歌中最写实的部分，就如同音乐赋格曲中的插段（Episode），最后都引出主题"朝时的黑牛奶"的再一次进入。

在这张由各种图像、场景交织成的阴郁破网中，我们已很难辨别什么是写实，什么是隐喻。"朝时的黑牛奶"看似是个矛盾修辞——象征生命的牛奶本来应该是白色的，却变为黑色的、腐坏的，但就在读者试图深挖这个超现实意象背后的深意时，策兰自己在毕希纳奖获奖词中却否认了各种阐释，说："这不是修辞法，也不再是矛盾语，这就是现实。"同样还有"演奏舞曲"的犹太人，我们不知道这"舞曲"究竟是影射中世纪以降的"死之舞"，还是对现实赤裸裸的白描——在离策兰家乡不远的诺万斯卡集中营，就曾有党卫军军官要求犹太人组成乐队，在挖掘坟墓、处决犯人，甚至进入毒气室前演奏探戈曲。音乐、文学、宗教与集中营的现实糅杂在一起，呈现出最严酷的"事情本身"，构成根本性的追忆、纪念与叩问。

对赋格尤为重要的对位法，在策兰的这首世纪之诗中也扮演了关键角色。整首诗歌充满了文字的对位："朝时"与"暮时"，"玩蛇"与"写信"，"甜蜜"与"阴暗"。而最终，主题与答题落在了最后一段的两句诗行："你黄金般秀发的玛格丽特"与"你灰烬般发丝的书拉密女"。

在德意志与犹太文化共同哺育下成长起来的策兰,在这两个女性形象身上凝聚了两个民族之间的所有张力。"玛格丽特"即歌德《浮士德》第一部中的女主角甘泪卿,这位单纯善良的少女成为德国文化中美的象征,但策兰笔下的"玛格丽特"并非那么简单,"黄金般秀发"这一表述又让人联想起海涅笔下的魔女"洛累莱"(Lorelei)。诗中第一次出现"黄金般秀发的玛格丽特"(第6行)时,策兰甚至使用了与海涅原诗中一模一样的"暮色降临",于是,纯洁的甘泪卿沾上了危险的气息。

不仅是"玛格丽特","书拉密女"也在策兰的诗歌中经历了色彩的变形。在希伯来圣经《塔纳赫》的《雅歌》中,这位美丽的犹太女子拥有紫红色的头发,这种尊贵的颜色正显出了她是所罗门王的爱人。而策兰笔下的书拉密女却是满头灰烬般颜色的发丝,这惨然的色彩不仅与"黄金般"形成彻底对比,而且也影射了犹太人在20世纪上半叶可悲的命运——近600万犹太人在短短几年内被化为灰烬。

事实上,更早的历史中已经出现了犹太教传统与基督教传统两种女性形象之间的比照。在中世纪基督教圣像画传统中,教堂正门两边常常出现一对被称作"基督教会与犹太会堂"(Ecclesia and Synagoga)的女性雕塑,代表基督教会的女性雕塑通常一手举着十字架,一手捧着圣餐杯或拿着王冠,象征基督教的得胜,而代表犹太会堂的女性雕塑一般则低垂着头,身体呈避让姿态,象征犹太教的失败。斯特拉斯堡圣母大教堂门口的代表犹太会堂的雕塑,还被雕刻成一个举着残破的旗帜、双眼被蒙蔽的女性,基督教胜过犹太教的意义昭然若揭。而到了浪漫主义时期,这一主题在其变形过程中,敌对性逐渐消退。在德国拿撒勒人画派代表画家弗兰茨·普弗尔（Franz Pforr）的油画《书拉密女与玛利亚》（*Sulamith und Maria*）中，这两位女性形象都温柔可人，且外貌、神态、动作非常相似，显然隐喻着一种亲密的友情。这幅模仿祭坛双联画的油画作品中，画面左侧的书拉密女坐在花园中，怀中抱着一个婴儿，她的右手边有一只白羊和几朵盛开的白百合；而画

德国画家弗朗茨·普弗尔：《书拉密女与玛利亚》

面右侧的玛利亚则坐在室内，她正梳理着自己的头发，面前是打开的圣书。如果没有左联画上方象征犹太教的六角形以及右联画上方象征基督教的十字架，再加上普弗尔给同为画家的挚友奥韦尔贝克（Johann Friedrich Overbeck）信中对该画的描述，观画者第一眼很容易将怀抱婴儿的书拉密女看作圣母玛利亚。在这幅画中，互为镜像的联结胜过了基督教与犹太教之间的敌对。

而经历了大屠杀的策兰在其诗歌中对这种比照进行了一次痛切的变形，基督教会的形象由玛利亚化为"黄金般秀发的玛格丽特"，从手持真理的胜利女神变身为既美丽又危险的女妖，而落魄败北的犹太会堂则化身为受压迫凌辱的"灰烬般发丝的书拉密女"。诗歌也停止在了"书拉密女"这个古老的词语上。《雅歌》中的爱成了哀。屠杀的历史过后，只剩下永远无法共存的施暴者"玛格丽特"与被害者"书拉密女"，以及两者之间的绝壁深渊。

20世纪80年代，德国新表现主义代表艺术家安塞尔姆·基弗（Anselm Kiefer）以"死亡赋格"为主题创作了一系列作品，其中就包括1981年的《玛格丽特》与1983年的《书拉密女》。基弗在油画布上用金黄色的稻草和铅灰色的乳胶再现了两个民族之间无法割断的联系与撕裂的伤痛。

诗歌结尾冷峻的主题与答题悲凉到了此般境地：甚至已经没有泪水，没有恨意。策兰的双亲都死在纳粹手中——"死亡是来自德国的大师"，然而这位大师在策兰的诗中并非全然阴森邪恶的魔鬼。他虽然"玩蛇"（《圣经》中古蛇便是魔鬼撒旦的象征），却还带着浪漫主义情怀：当暮色降临德国，他走到屋前望着星光璀璨，或许是在想念故乡那位有着"黄金般秀发的玛格丽特"。他是一个恋爱中的男人，但又可以瞬间转换角色成为一个冷酷的毁灭者，他如《洛累莱》故事中的船夫一般屈服于德意志女神，却也可以摇身狂傲地将犹太女子化为灰烬。浪漫的忧郁与残暴的杀戮在这个形象中重叠。

策兰对"德国"的情感是暧昧、纠结的：掌握多种语言的他最终选择用德语创作诗歌，而"德国"一词却只出现在《死亡赋格》中，在所有其他诗中都无处可寻。音乐赋格的本质原是和谐，而《死亡赋格》只能是破碎的。这或许是策兰选择这一标题的原因之一：德意志民族中深藏了音乐与死亡之间的关系——德意志是音乐的大师，也是死亡的大师，可以孕育创作精准对位作品的巴赫，也可以产生高效展开系统屠杀的纳粹。

这首诗歌创作于20世纪40年代。在1952年"四七社"作家聚会上，策兰的朗诵非常失败。从50年代末开始，策兰开始有意识地避免文字的"音乐性"，用更加简单灰暗的文字彻底告别了"审美"，他的诗歌也越来越具有"强烈的沉默倾向"。从60年代开始，策兰就将《死亡赋格》移出了他的朗诵曲目，这在某种意义上也代表着与"文字音乐"保持距离。但这首诗本身已成为一个例证，甚至可谓是对阿多诺的著名论断"奥斯维辛之后写诗是野蛮的"的反抗——这是怎样的一种"诗的宣言"啊：奥斯维辛之后依旧可以写诗，甚至可以写奥斯维辛之诗。诗歌是一条可以超越审美的永恒道路。

引用文献

1. Felstiner, John. Eine Fuge nach Ausschwitz, in: *Paul Celan. Eine Biographie*, München: C.H.Beck, 1997.

2. Buck, Theo. Paul Celans *Todesfuge*, in: *Gedichte von Paul Celan*. Stuttgart: Reclam, 2010.

3. Neumann, Peter Horst. Schönheit des Grauens oder Greuel der Schönheit?, in: *Geschichte im Gedicht, Texte und Interpretationen*. Walter Hinck (Hrsg.). Frankfurt am Main: Suhrkamp, 1979.

4. Adorno, Theodor. *Gesellschaftstheorie und Kulturkritik*. Frankfurt am Main: Suhrkamp, 1975.

Chor der Geretteten

Nelly Sachs

Wir Geretteten,

Aus deren hohlem Gebein der Tod schon seine Flöten schnitt,

An deren Sehnen der Tod schon seinen Bogen strich -

Unsere Leiber klagen noch nach

Mit ihrer verstümmelten Musik.

Wir Geretteten,

Immer noch hängen die Schlingen für unsere Hälse gedreht

Vor uns in der blauen Luft -

Immer noch füllen sich die Stundenuhren mit unserem tropfenden Blut.

Wir Geretteten,

Immer noch essen an uns die Würmer der Angst.

Unser Gestirn ist vergraben im Staub.

Wir Geretteten

Bitten euch:

Zeigt uns langsam eure Sonne.

Führt uns von Stern zu Stern im Schritt.

Laßt uns das Leben leise wieder lernen.

Es könnte sonst eines Vogels Lied,

Das Füllen des Eimers am Brunnen

Unseren schlecht versiegelten Schmerz aufbrechen lassen

Und uns wegschäumen -

Wir bitten euch:

Zeigt uns noch nicht einen beißenden Hund-

Es könnte sein, es könnte sein

Daß wir zu Staub zerfallen -

Vor euren Augen zerfallen in Staub.

Was hält denn unsere Webe zusammen?

Wir odemlos gewordene,

Deren Seele zu Ihm floh aus der Mitternacht

Lange bevor man unseren Leib rettete

In die Arche des Augenblicks.

Wir Geretteten,

Wir drücken eure Hand,

Wir erkennen eure Auge -

Aber zusammen hält uns nur noch der Abschied,

Der Abschied im Staub

Hält uns mit euch zusammen.

获救者合唱曲[①]

奈莉·萨克斯

　　我们获救者，

　　死亡已经把空骨切制成它的笛，

　　死亡已经[②]在脊筋上拉响它的弓——

　　我们的躯体还在申诉

　　以其遭残害的音乐。

　　我们获救者，

　　为我们脖颈而备的绳索仍旧拧着

　　悬挂在眼前的蓝天中——

　　沙漏中也仍旧装着我们滴下的血。

　　我们获救者，

　　恐惧的蠕虫仍旧[③]在吞吃着我们。

　　我们的星球已埋葬在尘土里。

　　我们获救者

　　请求你们：

　　让我们慢慢看你们的太阳。

　　带我们逐步从一颗星到另一颗星

　　让我们轻轻地重新学习生活。

　　否则，一只鸟儿的歌唱，

　　在井边打满水的木桶，

都可能让粗粗封起的伤痛崩裂

把我们如泡沫般抹去——

我们请求你们：

先别给我们看正在撕咬的狗——

有可能，有可能

我们便沦为尘土——

在你们的眼前沦入尘土。

究竟什么将我们的网系在一起？

我们这些已无气息④者，

早在我们的肉体获救前，

灵魂便已从深夜中逃向祂⑤

逃往瞬间的方舟⑥。

我们获救者，

我们按着你们的手，

我们认出你们的眼——

但只剩离别将我们系在一起，

尘土中的离别

将我们与你们捆在一起。

注释

① 原文使用"Geretteten"(获救者)一词,而非更常见的"Überlebende"
(幸存者)来指代在战争中幸免于难的群体。"Geretteten"一词来
自动词"retten"(救助,拯救)的被动态,更强调其被动性:肉体虽
然得救,灵魂却依旧处在灰暗的"死"的边缘。

② 原文中第2、3行连用两个"schon"(已经),译文中还原。

③ 原文中第7、9、11行连用三个"immer noch"(仍旧),且全部放在句
首,强调死亡的临在对于"获救者"而言并未成为过去式,译文中尽
量还原。

④ 此处诗人使用了极为罕见的"odemlos"(无气息)一词,而非更常用
的"atemlos"(无呼吸),有其宗教根源,详见解读部分。

⑤ 原文中此处使用大写的"Ihm",即大写的男性第三人称单数三格。
在德语基督教传统中,一般用大写的第三人称单数"Er"(一格)、
"Ihm"(三格)、"Ihn"(四格)来表示唯一的耶稣基督,与小写的指
代一般人类的"er"、"ihm"、"ihn"相区别。汉语里,前者一般译
为"祂"。

⑥ 影射《旧约·创世记》中"诺亚方舟"的故事,"诺亚方舟"是人类在
灾难来临时最后的逃亡处所,也象征着神的救赎。

解读

1966 年,诺贝尔文学奖颁给了犹太裔瑞典籍德语女诗人奈莉·萨克斯,颁奖词称她是"最有说服价值和不可抗拒的虔诚作家"。她的诗歌主要以犹太民族的苦难为主题,充满各种极具象征性的符号和意象,从艺术到精神都呈现一种十分"黏稠"(dicht)的诗态,的确堪称德语诗歌(Dichtung)的优秀代表。

《获救者合唱曲》出自组诗《午夜后的合唱曲》(Chöre nach der Mitternacht),收录在诗人 1946 年出版的第一部诗集《在死亡的住所里》(*In den Wohnungen des Todes*)。这组诗由 13 首合唱曲与 1 首终曲《圣地的声音》(Stimme des Heiligen Landes)组成。

众所周知,"合唱"是一种集体性的音乐艺术。在古希腊、古罗马戏剧中,歌队"合唱"充当戏与戏、场与场之间的串联转换,亦为下一场戏的演员提供做准备和休息时间。"合唱"在基督教音乐传统中,更是具有举足轻重的意义:从中世纪的格里高利圣咏,到文艺复兴时期的无伴奏合唱(A cappella),出现了以帕莱斯特里纳(Palestrina)为代表的众多合唱作曲家;到了巴洛克时期,用于宗教仪式的圣乐(Kirchenmusik)在巴赫、亨德尔为代表的一批伟大作曲家那里臻于完美;进入古典主义、浪漫主义时期,出现了一批伟大的合唱巨作——既是宗教仪式上的圣乐,也可以在世俗音乐会上演出,如贝多芬的《庄严弥撒》、勃拉姆斯的《德意志安魂曲》等。萨克斯的这组诗之所以选用"合唱曲"的形式,有其历史深意。

《获救者合唱曲》全诗使用自由体,不押韵,由许多短句构成。全诗多处使用跨行与破折号,以此使节奏缓慢下来,成为了一首必须低吟的合唱曲,一首艰涩又透明的诗。说其艰涩,是因为诗中充满各种古老或现代的意象,如"沙漏"、"方舟";说其透明,是因为诗人想表达的情感如此真挚、直接。

按照标题,这是一首由获救者共同吟唱的合唱曲,可是沉沉读来,"获救者"似乎并不比"死难者"离死亡远一些。诗歌开篇就用了中世纪"死之舞"的意象:"死亡已经把空骨切制成它的笛,死亡已经在脊筋上拉响它的弓——"死亡如同一位技艺娴熟的工匠,将获救者的枯骨劈砍制笛,又如一位音乐家般,在"获救者"的躯体上尽情弹奏。所以在重复了四次"我们获救者"之后,诗人终于道出了"我们"另一重恰好相反的身份——"我们这些已无气息者"。

在这里,诗人选用了"odemlos"(无气息)一词,而不是"atemlos"(无呼吸)。在《旧约》中,"耶和华神用地上的尘土造人,将生气吹在他鼻孔里,他就成了有灵的活人,名叫亚当"(《创世记》2:7)。路德将希伯来文中的 rûah(רוח)一词译为"Odem des Lebens",即"生命的气息",和合本将其译为"生气"。萨克斯诗中的"odemlos"一词正表现了"我们获救者"虽呼吸尚存,却已丧失了从神而来的那一口使人获得"灵"的"气"。失去了生命的气息,"我们"便只能"沦为尘土"、"沦入尘土",亦如《诗篇》所唱:"你掩面,它们便惊惶;你收回它们的气,它们就死亡归于尘土。"(104:29)[1]

---

[1] 路德译本此处译为"Verbirgst du dein Angesicht, so erschrecken sie; nimmst du weg ihren Odem, so vergehen sie und werden wieder Staub"。萨克斯诗中出现的也正是"Odem"与"Staub"这两个词。

意大利蒙雷阿莱主教座堂中的 12 世纪马赛克镶嵌画:《创造亚当》

　　萨克斯出生在柏林一个富裕的犹太人家庭,从小接受优越的私人教育,曾一度梦想成为一个舞蹈家。但她的父亲在 20 世纪 30 年代因癌症去世,动荡的时局又使大部分亲戚逐渐逃离了愈来愈危险的德国,萨克斯与母亲的生活也陷入了困境。1933 年希特勒上台后,她们在纳粹恐怖统治下煎熬了七年,多次被盖世太保叫去审问。1940 年 5 月,在纳粹对犹太人采取"最终解决方法"前夕,她才凭借瑞典女作家拉格洛夫的一封介绍信获得了前往瑞典的签证,并和母亲乘坐最后一班飞机逃离德国,流亡至斯德哥尔摩。这是字面意义上的"死里逃生",因为那时其实已经下达了要将她们运送至集中营的命令。然而,如同命运的玩笑,她的恩人拉格洛夫却在她们抵达瑞典前就因脑溢血突然辞世,萨克斯与母亲在语言不通的异乡举目无亲,长期过着极其贫困的生活。萨克斯一边做洗衣工维持生计,一边照顾生病的母亲。因此,侥幸躲过生死劫难的萨克斯在她诗歌中并不扮演幸存者的角色,而总是将自己代入受难者,甚至是死难者的行列,这种强烈的"代入感"常年深深困扰和刺激着她,致使其晚年的精神状态极度糟糕。而这种与死亡仅一步之遥的濒死经历,在这首早期诗歌中也表露无遗。"我们"虽然是获救者,但"我们"时时刻刻感受到的并不是"生"的真实,而是"死"的临在:

> 我们获救者,
>
> 为我们脖颈而备的绳索仍旧拧着
>
> 悬挂在眼前的蓝天中——
>
> 沙漏中也仍旧装着我们滴下的血。
>
> 我们获救者,
>
> 恐惧的蠕虫仍旧在吞吃着我们。

"我们"虽是"获救者",但肉体依旧在"临死"的痛苦中挣扎,灵魂也处在"死"的边缘。甚至"早在我们的肉体获救前,灵魂便已从深夜中逃向祂",但即便如此,现实依旧无望,甚至连信仰的"方舟"都不过是瞬间的,避难的处所是暂时的,仍然无法提供永恒的保护。

因此,女诗人以"我们获救者"的群体身份,向未经历这一切的"你们"——站在未来的真正"幸存者",恳切祈求:

让我们慢慢看你们的太阳。

带我们逐步从一颗星到另一颗星

让我们轻轻地重新学习生活。

……

先别给我们看正在撕咬的狗——

"我们"与"你们"之间的联系，看似不过是获救时的感恩——"我们按着你们的手，我们认出你们的眼"，事实决非仅仅如此。"我们"与"你们"之间的根本区别在于：是否拥有太阳。因为面对那仍然普照大地的太阳，"我们"甚至都无法呼其为"我们的太阳"，而只是请求"让我们慢慢看你们的太阳"，因为"我们的星球已埋葬在尘土里"。

最终，真正能够消解"我们"与"你们"之间的鸿沟的，只有"尘土中的离别"——肉体的死亡。仅仅这一次，这种离别意味着相遇与联合："只剩离别将我们系在一起。"所有的肉体最终都会毁坏，都会归于尘土，但也正在那个时刻，无论是"我们"还是"你们"，都奔向"祂"，只有在那个时刻，我们才真正被"系在一起"。

在古希腊悲剧中，歌队合唱还常常扮演着"审判者"的角色。但在萨克斯早年的这组合唱组诗中，这位遭遇悲剧的女诗人却不审判，甚至也不着急申诉。《流浪者合唱曲》、《孤儿合唱曲》、《影子合唱曲》、《石头合唱曲》、《不可见之物合唱曲》、《风的合唱曲》、《树的合唱曲》、《未降生者合唱曲》……13 首合唱曲构成的是受难世界的祈祷，是重新的自我认知，是纪念与作证。正如萨克斯于 1945 致其挚友保罗·策兰的信中写道："我必须追寻这条内心的道路，它把我从'此刻'带回那些无人倾听他们痛苦的我的同胞身边,从痛苦中求索。"

第二次世界大战后,阿多诺发出了震撼世界的断言——"奥斯维辛之后写诗是野蛮的"。当西方诗歌面临死亡时,正是策兰、萨克斯等一批书写集中营、直面大屠杀的诗人,有唯一的资格和可能重新召回诗与歌的力量。的确,奥斯维辛之后,浪漫的、轻松的"治愈"不但无济于事,而且可以是野蛮的——"一只鸟儿的歌唱,在井边打满水的木桶,都可能让粗粗封起的伤痛崩裂"。然而这些"获救者"的文字却是真正具有道义和艺术力量的。在他们中间,策兰的诗歌如同受伤野兽撕心裂胆的呻吟,萨克斯的诗歌则是一株被死亡的绳索与黑烟困扰的玫瑰,腐烂的表皮下躁动着粗砺的生命力。她在灰烬中吟出的诗,交织着纷沓的轰鸣、劫后余生的悲切,以及涅槃的惊愕。正是这样的诗,才将德语从希特勒的语言,重新带回歌德的语言,他们的诗歌,虽是"遭残害的音乐"(verstümmelte Musik),却不是"沉默不语的音乐"(verstummte Musik),萨克斯们的音乐——诗歌,终究拯救了德语,使其免于坠入万劫不复的、无法歌唱的深渊。

引用文献

1. (Hg.) Fioretos, Aris. *Nelly Sachs Werke, kommentierte Ausgabe in vier Bänden, Band I.* Frankfurt am Main: Suhrkamp, 2010.

2. (Hg.) Holmqvist, Bengt. *Das Buch der Nelly Sachs.* Frankfurt am Main: Suhrkamp Verlag, 1968.

第三部分

诗人与音乐家

Chopin

Gottfried Benn

Nicht sehr ergiebig im Gespräch,

Ansichten waren nicht seine Stärke,

Ansichten reden drum herum,

wenn Delacroix Theorien entwickelte,

wurde er unruhig, er seinerseits konnte

die Notturnos nicht begründen.

Schwacher Liebhaber;

Schatten in Nothant,

wo George Sands Kinder

keine erzieherischen Ratschläge

von ihm annahmen.

Brustkrank in jener Form

Mit Blutungen und Narbenbildung,

die sich lange hinzieht;

stiller Tod

im Gegensatz zu einem

mit Schmerzparoxysmen

oder durch Gewehrsalven:

man rückte den Flügel (Erard) an die Tür

und Delphine Potocka

sang ihm in der letzten Stunde

ein Veilchenlied.

Nach England reiste er mit drei Flügeln:

Pleyel, Erard, Broadwood,

spielte für 20 Guineen abends

eine Viertelstunde

bei Rothschilds, Wellingtons, im Strafford House

und vor zahllosen Hosenbändern;

verdunkelt von Müdigkeit und Todesnähe

kehrte er heim

auf den Square d'Orleans.

Dann verbrennt er seine Skizzen

Und Manuskripte,

nur keine Restbestände, Fragmente, Notizen,

diese verräterischen Einblicke-,

sagte zum Schluß:

„meine Versuche sind nach Maßgabe dessen vollendet,

was mir zu erreichen möglich war."

Spielen sollte jeder Finger

Mit der seinem Bau entsprechenden Kraft,

der vierte ist der schwächste

(nur siamesisch zum Mittelfinger).

Wenn er begann, lagen sie

auf e, fis, gis, h, c.

Wer je bestimmte Präludien

von ihm hörte,

sei es in Landhäusern oder

in einem Höhengelände

oder aus offenen Terrassentüren

beispielweise aus einem Sanatorium,

wird es schwer vergessen.

Nie eine Oper komponiert,

keine Symphonie,

nur diese tragischen Progressionen

aus artistischer Überzeugung

und mit einer kleinen Hand.

肖　邦

戈特弗里德·贝恩

并不热衷于谈话，
观念也非其所长，
观念被翻来又覆去，
当德拉克洛瓦①展开理论时，
他变得不安，他无法
论证自己的那些夜曲。

软弱的情人；
诺昂镇上②的影子，
乔治·桑③的孩子们
从未从他那儿听取
任何有关教育的建议。

胸腔中的某种疾病
流血又结疤，
拖延了很久；
安宁的死，
截然不同于
疼痛突发

或枪炮齐鸣：

埃拉德钢琴④被移至门边

在他弥留之际

戴芙妮·珀多卡⑤唱了

《紫罗兰》一曲⑥。

带着三架三角钢琴去英格兰⑦：

普雷耶尔、埃拉德、布洛德伍德⑧，

晚上弹奏一刻钟

便能赚二十几坚尼，

在罗斯柴尔德家、威灵顿家，在斯特拉福德旅店

在无数穿着连裤袜的贵族面前；

困顿和濒死使他心灰意冷

终究回到了

奥尔良街心花园⑨。

他烧毁了自己的速记

和手稿，

不留下任何断笺、残篇、遗稿，

任何泄漏真情的洞察——

最后说：

"能力极限之内，

我已达成所愿。"

每根手指都有它的构造，

应以相称的力量弹奏，

第四根手指最脆弱

（只与中指相连）。

当他开始弹奏，它们便落在

E 小调，升 F 小调，升 G 小调，B 小调，C 小调上。

谁若听过

他的某段前奏曲，

无论在乡间别墅

抑或在一块高处的空地

又或是某个疗养院里

打开的落地窗前，

定会难以忘怀。

从未创作过一部歌剧，

也没有交响曲，

只有悲伤的和弦并进，

来自对艺术的信念，

和一只纤细的手。

注释

① 欧仁·德拉克洛瓦,法国画家,也是肖邦挚友。他曾为肖邦及其恋人乔治·桑创作肖像画,画中的肖邦在钢琴边弹奏,乔治·桑则坐在一边抽着雪茄。德拉克洛瓦死后,这幅画被切开作为两幅肖像画出售,画中人从此分隔两地:肖邦的部分现藏巴黎卢浮宫,而乔治·桑的部分则被丹麦奥德罗普格园林博物馆收藏。

② 乔治·桑在法国中部小镇诺昂拥有一座乡村别墅,她在这里度过了童年和少年时期,并在此创作了不少作品。诺昂庄园也成为法国文学艺术界名流的聚会场所,德拉克洛瓦、巴尔扎克、福楼拜、李斯特和肖邦,都曾在此居住过。

③ 乔治·桑是法国女作家奥罗尔·杜德望的男性笔名。她的男性化着装与生活方式在 19 世纪的法国曾引起很大的争议。1836 年,她经李斯特介绍认识了比她小六岁的肖邦。肖邦一开始对这位追求女性解放的作家很反感,但在乔治·桑的主动追求下,他逐渐感受到这位热爱艺术、充满热情的女人对他的高度理解,两人于 1838 年开始了近十年的恋爱关系。

④ 法国名琴,也是肖邦生前最喜爱的钢琴之一。

⑤ 戴芙妮·珀多卡,波兰贵族。肖邦曾是她的钢琴教师,对这位华贵美丽、散发艺术气质的伯爵夫人充满爱慕。在早年灼热的欢情过去之后,两人还保持了多年温柔的友谊。他的《F 小调第二钢琴协奏曲》(Op. 21)以及著名的《小狗圆舞曲》(Op. 64, No. 1)就是献

给珀多卡的。

⑥ 据肖邦传记描述,当两人还是恋人时,肖邦曾在戴芙妮出游时写信给她说,希望能听着她美妙的歌声死去。十五年后,戴芙妮·珀多卡在肖邦逝世前两天,闻讯赶至奄奄一息的肖邦病榻前。人们把钢琴从客厅推到卧室,伯爵夫人强忍眼泪,满足了他的这个心愿。这里可能指莫扎特的艺术歌曲《紫罗兰》(K. 476)。

⑦ 在与乔治·桑的恋情结束后,肖邦于 1848 年 4 月离开巴黎前往伦敦,在那里举办了多场公开及私人音乐会,受到了皇室与贵族的欢迎。同年 11 月,病重的他又回到巴黎。

⑧ 三者都是肖邦钟爱的钢琴品牌,前两个来自法国,第三个来自英国。

⑨ 肖邦在巴黎的寓所所在地,他曾和乔治·桑一起在此居住,并在这里度过了最后的时光。

解读

1838 年,法国画家德拉克洛瓦为两位坠入爱河的朋友——音乐家弗里德里克·肖邦和作家乔治·桑绘制了一幅油画。画中的肖邦

德拉克洛瓦:《肖邦》

在弹奏钢琴,桑夫人则边聆听边抽着她最爱的雪茄。德拉克洛瓦画笔下的肖邦,瘦削的面容,神经质的目光,俨然一副孱弱的艺术家模样。十年后,这对曾在巴黎社交圈轰动一时的恋人分手,又过了一年,39 岁的音乐家英年早逝。德拉克洛瓦一直将这幅画留在自己的画室。可惜画家死后,这幅画依旧没有逃脱"别离"的命运:为了卖出双倍的高价,这幅画被画商一切为二,从此画中的肖邦与乔治·桑永远相隔两地。

分离似乎早已注定——这对恋人的性格几乎截然相反:肖邦沉默寡言,桑则盛气凌人;肖邦优柔寡断,桑却一贯我行我素。这位波兰作曲家的形象,总让人联想起托马斯·曼的《死于威尼斯》(*Tod in Venedig*)中那位"长着一头蜂蜜色柔发"的波兰美少年塔齐奥

(Tadzio)。而曼在他的鸿篇巨著《浮士德博士》(*Dr. Faustus*) 中，也的确让主人公莱韦屈恩(Leverkühn) 在一封信中这样评价肖邦："我常常弹奏肖邦的作品，读了不少关于他的书。我喜欢他天使般的形象，总让我想起雪莱，蒙着奇特而神秘的面纱，难以接近，悄无声息，他的存在平淡无奇，他不闻世事，拒绝体验素材，他的艺术中存在精致与魅惑的奇妙结合。"

然而在肖邦逝世近一个世纪后，德国诗人戈特弗里德·贝恩在这首奇特的"肖像诗"中，却打破了通常的浪漫编织，描摹了一个现实的肖邦形象。诗人并没有按照时间顺序来描述肖邦生平，而是通过各种细节，片段式地呈现了音乐家的一生：他逗留过的地方、演奏过的地方、得到的报酬，甚至是三角钢琴的数量、品牌。贝恩竭力通过显微镜般准确、几乎没有情感起伏的写实语言，使肖邦的形象"现实化"，而不落入纯粹的审美感觉。文学评论家吕迪格·格尔纳 (Rüdiger Görner) 甚至认为，贝恩想通过这首诗歌对大众熟知的肖邦形象进行祛魅。

贝恩曾在大学攻读神学与哲学，随后又转修医学。在他的诗歌中，哲学式的深思与医学式的精准是共存的。从 1912 年的诗集《巴黎陈尸所》(*Morgue*) 中冷静的尸体解剖开始，他笔下的"浪漫"就全都是破碎的。破碎的浪漫才是生活的现实：妩媚动人的少女，其尸体被解剖后却呈现出百孔千疮的食道；同样在 1948 年创作的诗歌《肖邦》中，冷静的疾病诊断与弥留时病榻前的动人歌曲，也被并置在同一个段落中讲述天才的早逝。

"当德拉克洛瓦展开理论时，他变得不安"——理论与肖邦相去甚远,他的音乐根本不需要任何意识形态的捆绑。虽然他的恋人是个作家,他的社交圈里也不乏法国当时最具影响力的作家——巴尔扎克、福楼拜、小仲马,肖邦却绝不是音乐家中的文学家。文字对他几乎没有任何吸引力,这一点与舒曼、舒伯特是如此不同。他只创作了少数几首艺术歌曲,却都没产生什么影响。他将他整个广袤的音乐世界都寄托在钢琴上,寄托在每一首华尔兹、玛祖卡、波罗乃兹、夜曲和奏鸣曲中。

虽然年轻的肖邦在巴黎社交圈是贵族阶级崇拜的偶像,所有上流社会的沙龙都对他敞开大门,他却依旧感到自己是个异乡人。在乔治·桑的诺昂庄园,他虽然在爱人的照顾下过着安宁的生活,却始终是个局外人。漂洋过海到了英格兰后,虽然请他教授钢琴或演出的聘书如雪片般飞来,无论费用多高昂,人们都连眼皮都不眨就满口答应,但他仍然如同一位柔弱得经不起异乡风雨的过客。

当预感到死亡将至时,这个永恒的孤独者拖着疲惫的病体,回到自己在巴黎奥尔良街心花园的寓所,没有流露出任何悔痛,只是恬淡地说:"能力极限之内,我已达成所愿。"他知道,他已经付出了他被赋予可以付出的一切。贝恩的朋友克拉邦德(Klabund)与肖邦一样死于肺部疾病。1928 年,贝恩在克拉邦德的葬礼悼词中就提到了肖邦的这句话:"我常常在他房间看到紫罗兰,这是他的病友肖邦最钟爱的花。有一次,我们一起读到肖邦临终前写下的话:能力极限之内,我已达成所愿。这是一位真正的艺术家在经历了个人的残缺后,最后说出的恬静又谦逊的告别之辞。"

肖邦的音乐是纯粹的音乐,是绝对的音乐,完全不需要文字的扶持，也不愿衬托任何文字。他的音乐是抽象的，他不用像贝多芬那样用音乐表现暴雨将至或清泉潺潺，也不用像瓦格纳那样用文字为疯狂的音乐注入最终的骨髓。他烧毁了"任何泄漏真情的洞察"，只是遵从音乐的直觉，用精确到每根手指构造的力量，回到艺术的本质。对肖邦来说，艺术的载体就是音乐，别无其他，正如对于诗人贝恩来说，艺术的载体就是文字。作曲家通过音乐，诗人通过文字，都能纯净简单地达到"言说"本身，无需其他辅助。因此，这首关于音乐家的诗歌，也如同一面镜子般，暗暗映照出诗人自己的形象——看似冷酷的文字本身却是诗性的，因为诗人只能在打破浪漫中找到现实，只能在展现现实中回归本原、超越虚无。

纪德（Andre Gide）在他的《肖邦笔记》（Notes sur Chopin）中抱怨，人们总是把肖邦弹成李斯特。这两位同时代的钢琴大师的确常常被比较，他们的很多钢琴作品都富有炫技性。但两人在本质上非常不同，肖邦的音乐里没有装腔作势的激情和矫揉造作的温柔。肖邦在乐谱中写下的，绝不是不可企及的天真幻想，而是早已栖息在灵魂里的真实梦境。他的音乐是在穿透命运的苦痛、直面存在的孤独中完成的，与浪漫的妄想、单纯的放纵截然相反。

帕斯捷尔纳克（Pasternak）也用文字阻止了对肖邦进行浪漫的聆听与解读。他在1945年的《肖邦》一文中，将这位充满魅力的作曲家阐释为一位现实主义者，认为肖邦的音乐中富含细节，能透过音乐向外传递现实感，让听众对其生活历程产生印象。帕斯捷尔纳克称，"艺术中的现实主义是个人经历的深刻印痕，它成为艺术家的主要动力，推动他去创新，去追求独创性"。

彻底的浪漫主义者乔治·桑能在多大程度上理解她恋人的音乐，这一点很值得怀疑。在《我的一生》(*Histoire de ma vie*)中，她对肖邦音乐的概括很准确，但她对未来的预测，却被历史证明是错误的：

"肖邦的音乐从情感上讲是一切音乐作品中最丰富最深刻的。他用一件乐器表达了丰富得无穷无尽的思想感情。他在十行简单得小孩都能弹下来的乐谱中常常创造出至纯至美的诗意和巨大无比的戏剧性。他从来不需要众多的乐器来表现他的天才。他用不着萨克管和低音小号就能使听众心里充满恐惧，用不着教堂的风琴和人声就能使灵魂洋溢着虔诚和欢腾。[……]总有一天他的音乐会被改编成管弦乐曲，那时全世界就会意识到他的天才同任何被他承袭的大师一样广阔、全面和精深，并且从性格来说比巴赫更精致，比贝多芬更有力，比韦伯(Carl Maria von Weber)更具有戏剧性。他集这三者于一身，然而他还是他，在挖掘情趣时比他们更微妙，在表现宏伟壮丽时更朴实无华，在倾诉悲痛时更能催人泪下。"

肖邦的音乐很少被改编成管弦乐曲。将圣·桑(Charles Camille Saint-Saëns)或拉威尔(Maurice Ravel)的独奏作品改编成管弦乐曲，的确能让音乐本身的色彩更浓郁地化开，但这在肖邦的钢琴曲上却全然无效。因为根本没有这个必要。他单用钢琴就诉说了一切，单用钢琴就表达了民族的和超越民族的情感。

肖邦与乔治·桑的分手，就是这种罕见的伟大浪漫在琐碎现实中被消磨殆尽后的告别。讽刺的是，现实主义的肖邦永驻在浪漫里，而浪漫主义的乔治·桑反倒停留在了现实中。什么才是真实？是被现实化的浪漫，还是被浪漫化的现实？贝恩通过这首诗歌，在肖邦的生活与艺术中找到了两者的连接点，而这种悖论，或许也是浪漫派艺术在现代的唯一可能。

引用文献

1. Görner, Rüdiger. Gebrochene Romantik. Zu vier literarischen Chopin-Bildern im 20. Jahrhundert, in: *Literarische Betrachtungen zur Musik*. Frankfurt am Main: Insel Verlag, 2001.

2. Mann, Thomas. *Doktor Faustus. Das Leben des deutschen Tonsetzers Adrian Leverkühn, erzählt von einem Freunde*, Große kommentierte Frankfurter Ausgabe, Bd. 10. Frankfurt am Main: Fischer Verlag, 2007.

3. Benn, Gottfried. *Totenrede für Klabund*. in: Berliner Tageblatt 14.09.1928, Nr. 435, Beiblatt I.

4. 鲁思·约尔登:《肖邦》,冷杉、孙强译,天津:天津人民出版社,1987年。

B – A – C – H

Albrecht Goes

Ist ein Oktobertag im offnen Land

mit frischem Rostbraun und verhangnem Golde,

gepflügt der Acker, Atem der Erquickung -

o große Erde vor dem größren Himmel!

Und anders noch: ein Mann ist, reif im Jahr,

bestellt zum Weg der Sorge und der Liebe

durchs Totenhaus der Welt, und ach! durch alles

Geflecht des Lebens, arg und unentwirrt.

Er aber wagt sein Herz dem Gott entgegen,

dem Gang der Sonnen und dem Strand der Sterne:

Aufblüht Gesetz. Er schaut. Er horcht. Er schweigt.

Er schreibt. Und unterschreibt: b-a-c-h.

So ist uns dieses, Freunde, anvertraut

wie Tag und Leben ringsum. Und wie

ein heilig Lied, als von dem Grund der Welten,

Jubel und Wahrheit, Mahnung ganz und Trost.

B–A–C–H

阿尔布莱希特·格斯

十月的某天在一片旷野
带着清新的赭色和朦胧的金色，
耕过的农田，舒爽的呼吸——
哦，广袤土地于更浩瀚的天穹前！

还有：一个男人，正值中年，
注定踏这愁与爱的路途
穿越世间的死屋，啊！还有
穿越所有人生的纠葛，险恶、无解。

但他以迎向上帝的心为赌注，
迎向日起日落与辰星之滩：
规则绽放。他看。他听。他沉默。
他写。并署下：b-a-c-h。

因为朋友们，我们就被交托于此
如同围绕白昼与生命。又如同
一首神圣的歌，仿佛自宇宙之源，
欢呼与真理，全然的慰藉与劝勉。

解读

　　"如果对一个人来说,艺术就是生命,那么,他的生命就是一种艺术。"（Wem die Kunst das Leben ist, dessen Leben ist eine Kunst.）约翰·塞巴斯蒂安·巴赫这句朴素的宣言,是对他自己生命的最好总结。

　　德国新教神学家、作家阿尔布莱希特·格斯,只是众多用文字向巴赫致敬的膜拜者中的一位。从古典的歌德到现代的黑塞,从表现主义诗人奥斯卡·勒尔克（Oskar Loerke）[1]到哲学家、神学家阿尔伯特·施韦泽（Albert Schweitzer）,对后世来说,巴赫早已在德意志文化中成为具有象征意义的名字。

　　诗歌的标题为何是 B－A－C－H,而非 Bach？诗人悄悄用四段诗揭开谜底。诗歌的四段分别描述了自然、人、艺术和使命,正如同拼写下 B－A－C－H 的过程一般,在臻于和谐的生命与音乐中融合为一,成为"巴赫"。整首诗如电影分镜头般将"主人公"缓缓拉入我们的视野:先是看见远景中广袤的金色农田（第一段）,但见作为普通人的巴

---

[1] 德国表现主义、魔幻现实主义诗人奥斯卡也是由衷热爱巴赫的文学家之一,他多年仔细研究巴赫,并撰有《关于巴赫音乐及其对象之思考的变化》（Wandlungen eines Gedanken über die Musik und ihren Gegenstand Johann Sebastian Bach）、《不可见的帝国,约翰·塞巴斯蒂安·巴赫》（Das unsichtbare Reich. Johann Sebastian Bach）等多篇论文,以及多首关于巴赫的诗歌,如《J.S.巴赫在夜晚弹管风琴》（J.S.Bach spielt Orgel bei Nacht）、《听 J.S.巴赫的管风琴作品后》（Nach einer Orgelmusik von J.S.Bach）等。

赫向我们走来（第二段），接着又在近景中观察到艺术家巴赫是如何创作的，甚至仿佛在特写镜头中清晰地看到音乐家一笔一画的签名——b-a-c-h（第三段），最后呈现的是巴赫其人其乐在一种永恒性场景中的存在（第四段）。外在的感知——"清新的赭色"、"朦胧的金色"、"舒爽的呼吸"，以及内在的感受——"愁与爱"、"世间的死屋"、"人生的纠葛"，如一条条清溪般汇聚成巨流。在巴赫的生命与艺术中，每个意愿、每个音符都被一一播种在恰当的位置，音乐家以纯净的感受与感知浇灌它们，上帝以神光恩膏它们，它们就自由地成长为"平均之声"，构成不同世界之间的精准对位，这便是"规则绽放"。

因此，这首以巴赫姓名拼写为标题的诗歌，首先想要揭示的正是如拼写般自然的"艺术规则"。诗人笔下巴赫的创作过程似乎很简单：看、听、沉默、写，最后署名。然而，艺术家所遵循的这套规则，并非一种技巧，而是一种存有规范、一种创造的游戏，它既是最精密的数学，又是最自由的奥秘，是一种存在的图景。在"音"的变化、回旋中，艺术家无需刻意考虑"意思"的传递，"意义"就能自然地浮现出来，恰如巴赫自己的描述："人要做的只是在恰当的时间按下琴键，剩下的自有乐器本身来完成。"（Man muss nur zur rechten Zeit die richtigen Tasten treffen, den Rest erledigt das Instrument.）

歌德在《诗与真》中称："我的双眼是受过训练的，懂得在自然风景中寻找图画与超越图画之美。"巴赫也拥有在"尘世"中寻找音乐之美与终极之美的能力，这便是"广袤土地于更浩瀚的天穹前"的超验秩序。"广袤土地"与"更浩瀚的天穹"之间，艺术是桥梁。只有当艺术家坚定地怀着"迎向上帝的心"，只有当他"迎向日起日落和辰星之滩"，这座桥才能从"无"中轰然腾起。走在这彩虹之桥上，我们被宇宙的广度和极致的精确所包围，在高贵的宁静与深沉的欢腾构成的奇妙平衡中，我们仿佛正去往"宇宙之源"。也正因为如此，在巴赫身上，我们看不到托马斯·曼在《布登勃洛克家族》(*Buddenbrooks*)中描绘的那种非此即彼的"艺术 vs 生活"的现代性对抗——巴赫的艺术就是巴赫的生活，它们具有同样的伟大性与崇高性。B－A－C－H 是"看、听、沉默、写"的艺术创作过程，但最终也形成了现实存在着的"巴赫"，造就了真实世界中的巴赫。正如施韦泽在论及巴赫时说：

"巴赫赋予我一种信仰，让我相信，在艺术中如同在生活中一样，最真的真实不可以被忽视或压制，最真的真实不需要人类的帮助，而会在时机成熟之际成就自身的力量。为了活下去，我们需要这样的信

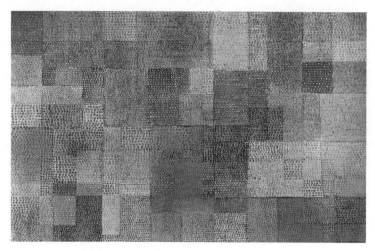

保罗·克利：《复调》

仰。巴赫拥有这样的信仰。因此他即使在狭小的空间创作也不会感到疲惫或丧气,不会呼求这个世界了解他的作品,不会为了使未来接受自己的作品而去做什么,而只是努力达到真实。"

毫无疑问,宗教情感是巴赫的创作根源,生活、艺术与宗教在巴赫那里是一致的,"自由"与"约束"相遇、相融,达至更纯净、更深刻、更无暇的艺术国度。巴赫的对位同时演绎着对尘世炽热的爱与对上帝永恒的爱,两者之间不混淆,却也不分离,这种真实与神秘的结合,正如犹太女诗人罗泽・奥斯兰德(Rose Ausländer)在《巴赫赋格》(Bachfuge)中的朴质描述:

> 巴赫赋格
>
> 飞入天空
>
> 回至我身边
>
> 飞入天空
>
> ……
>
> 巴赫
>
> 我的血流
>
> 去往天穹

聆听巴赫的音乐,既是"去往天穹",又是"回归自我";既是"欢呼与真理",又是"全然的慰藉与劝勉",正是在这种平衡中,他将我们的灵魂调至终极的祥和之境。如此崇高、伟大的音乐,却曾经被巴赫的同时代人视为陈腐之物,他们对这位圣托马斯教堂领唱者的忽视是何等令人遗憾哪？这导致他的复调音乐在当时产生的影响微乎其微。然而暮色无法挡住霞光的温暖与动人，时隔百年后，门德尔松重新挖掘并推广巴赫的作品，尤其是 1829 年重演了《马太受难曲》(Matthäus-Passion, BWV 244)，使巴赫的音乐得以复活。此后的许多作曲家都将巴赫的弥撒、众赞歌、康塔塔视为巴洛克时期真正的教堂音乐。

"对我来说，巴赫就是所有音乐的开端与终结！"马克斯·雷格(Max Reger)如此赞颂道。1900 年，这位德国晚期浪漫主义作曲家创作了《B－A－C－H 幻想曲与赋格》(*Fantasie und Fuge über B－A－C－H*, Op. 46)，在这部和声与复调技巧极高的管风琴作品中，他用调性拼写出 B－A－C－H，向巴赫致敬。正如格斯的诗歌一样，德语中这四个字母的组合，不仅拼出了历史中那位温和友善、坚毅朴实的凡人巴赫，也拼出了在音乐中超越现实、安息并永居在极乐净土的圣人巴赫，一股流淌在天与地之间的清泉，柔弱坚强均莫过于他，泽被万物而不争名利，其存在本身便是人类历史最大的奇迹之一。

引用文献

1. 阿尔伯特·施韦泽:《论巴赫》,何源、陈广琛译,上海:华东师范大学出版社,2017 年。

2. Einstein, Alfred. *Die Romantik in der Musik*. Stuttgart: Metzler, 1992.

3. Görner, Rüdiger. „Flöten gehen ihm voraus...". Johann Sebastian Bach in den Augen der Dichter, in: *Literarische Betrachtungen zur Musik*. Frankfurt am Main: Insel Verlag, 2001.

4. Ausländer, Rose. *Im Aschenregen die Spur deines Namens. Gedichte und Prosa 1976*. Frankfurt am Main: Fischer Verlag, 1984.

第四部分

本质的交织

Liebes-Lied

Rainer Maria Rilke

Wie soll ich meine Seele halten, dass

Sie nicht an deine rührt? Wie soll ich sie

Hinheben über dich zu andern Dingen?

Ach gerne möchte ich sie bei irgendwas

Verlorenem im Dunkel unterbringen

An einer fremden stillen Stelle, die

nicht weiterschwingt, wenn deine Tiefen schwingen.

Doch alles, was uns anrührt, dich und mich,

nimmt uns zusammen wie ein Bogenstrich,

der aus zwei Saiten eine Stimme zieht.

Auf welches Instrument sind wir gespannt?

Und welcher Geiger hat uns in der Hand?

O süßes Lied.

爱之歌

赖内·马利亚·里尔克

该如何守护我的灵魂，才能

不触及你？该如何将它高举，

才能跨越过你而抵达他物？

啊，我深愿使它宿泊在

迷失于昧暗中的某物

在某个陌生幽静处，即使

你心深处振动，也不波及此处。

然而触动你与我的一切，

如一把琴弓将我们捆挟，

从两根琴弦上奏出一个音。

我们被紧绑在何种乐器上？

又在哪位琴师的手中？

哦，甜美的歌。

解读

《爱之歌》是里尔克于 1907 年在意大利的卡普里岛创作的。诗人在多处使用了"跨行",使诗歌念上去如同一篇诗体散文。事实上,如果仔细分辨,会发现诗歌前 12 行都是整齐的五音步抑扬格,只有最后一行"哦,甜美的歌"是二音步抑扬格,显然被置于突出的位置。

诗歌开篇便是两句问句。与其说是叩问,不如说是面向"你"倾吐的愿望——"该如何守护我的灵魂,才能不触及你?该如何将它高举,才能跨越过你而抵达他物?"诗人希望,"我"与"你"是独立发展的。然而,这种独立的存在却又不可避免地被捆绑在一起,最后终于成为"你与我",成为"我们",成为同奏一个音的两根琴弦。通过"琴弓",这两条琴弦可以相互碰触并产生"振动"。诗人追问那超越人类情感的更高力量,那决定、引导人类"爱的情感"的本源。

虽然标题为《爱之歌》,但诗中却始终没有出现"爱"字,这显然不是一首普通的情诗(Liebesgedicht),诗人所讨论的"爱"超越了一般的"情爱","我"与"你"之间的关系是多层次的,可以是诗人与恋人、朋友之间的关系,也可以是一位"观察者"、"体验者"与世界之间的关系。

诗歌最后的叩问,便是朝向世界的——"我们被紧绑在何种乐器上?又在哪位琴师的手中?"里尔克将"我"与他者之间的生命联系,比喻成一把琴弓从两根琴弦上奏出一个音。分离的"你"与"我"隐去,一个共同的"音"出现在前景,而演奏者依旧是个谜。

音乐对里尔克来说是一个极其重要的生命向度，是反射存在的一面镜子。超越"你"与"我"的更高力量，能够在分离中建立联系，在错乱中建立秩序。这种转变被诗人隐秘地藏在了诗中：在前七行中，"我"与"你"总是分隔在不同的诗行，第八行的"然而"带来诗义上的转折，"我"与"你"逐渐成为"我们"，最后"我们"也被琴弓揉入一个共同的"音"中，而这一个"音"，便是一首甜美的歌；在韵脚上，前七行诗虽然有韵，却紊乱复杂（abcacbc），但在诗义转折之后，后六行诗的韵脚便成了规整的裙韵（aab, ccb）。而前十二行工整的五音步，最终归聚到最后一行的二音步颂词。

诗人抛出的四句问句都没有明确的答案——诗人不必阐释这个世界，只要倾注纯粹的爱去赞美、歌唱。正如最后那句意味深长的感叹："哦，甜美的歌。"所有的赞美都浓缩在一个感叹词"哦"中，如此轻扬，又如此深刻。语言构成的诗在欢呼式的赞叹中戛然而止，而音符构成的"歌"在静默中启动了新的开端，成为"原初之歌"：当言说终止之处，音乐便成为不可言说之物的载体，于是歌唱本身成为存在，而诗人便成为歌者。

里尔克早就开始关注音乐对言语的超越，在1898年的笔记《关于物的旋律》（Zur Melodie der Dinge）第16篇中，他写道："无论是一盏灯的歌唱，还是暴风雨的声音，抑或是夜晚的呼吸、大海的叹息，无论你周围是什么——永远有辽阔的旋律守护在你身后，这旋律由千百种声音编织而成，你只是偶尔才能在这旋律中找到独唱的空间。要知道，你必须侵入的时间是你孤独的秘密：正如真正的沟通艺术，便是让自己从崇高的言语中落下，进入到共同的旋律。"《爱之歌》结尾处的赞美"哦,甜美的歌",正如"从崇高的言语中落下"的共同的旋律。言语退场时,音乐获得了自由,真正的沟通才能得以建立。

里尔克终其一生都在探索"音乐的本质"。音乐对于他,虽然也是贝多芬,是巴赫,(例如他的诗歌《听贝多芬〈庄严弥撒〉之后》)但更是纯粹的"音",是穿透声音物质、超越所有感官体验的沉默之音。无声之"音"栖居在通常意义上的有声之"乐"后面,成为背景,成为根本。"寂静之音"、"存在之歌"也成为贯穿里尔克晚期组诗《杜伊诺哀歌》和《致俄耳甫斯的十四行诗》的神秘之所在。《爱之歌》中的天问:究竟谁是这个世界的演奏者?——没有得到任何解答,而这是必然的。诗人在《杜伊诺哀歌》第二首中就直言:"所有事物都密谋对我们保持沉默,一半也许由于羞涩,一半则像是不可言说的希望。"沉默的力量在《杜伊诺哀歌》中不断扩张、升华,从隐忍住不发声音的缄默开始,到绝对寂静中的救赎。

隐匿于沉默中的永恒讯息,尤其体现在他于生命最后一年在瑞士慕佐创作的诗歌《锣》(Gong)当中:

> 不再为了双耳……:音,
> 它如同更深邃的耳,
> 谛听我们这些俨然若听者。
> 空间的倒错。在外的
> 内在世界草图……
> 世界诞生前的庙宇,
> 消融,满足于难以

消融的诸神……：锣！

自我辩护的

沉默者总和，

呼啸般回归自身

为己沉寂者，

持久，从过程中被挤压，

重新浇铸而成的星……：锣！

人们永远不会忘记

诞生在丧失中的你，

不再举行的典礼，

不可见的嘴里的美酒，

承重立柱中的风暴，

漫游者匆忙上路，

我们，对一切的，背叛……：锣！

　　在这首诗歌中，里尔克的语言达到了前所未有的抽象度。"音"被描述成摇摆于此时与彼时、束缚与自由之间的状态。第一段中试图摆脱感官经验的"音"，经过第二段中神秘的聚集、挤压、浇铸过程，蜕变为最后一段中全然释放的各种超验图像，似乎成为对经验世界的一种"背叛"与拒绝。所有张力聚集起来后，骤然在"锣"中消解。德文中锣的发音"Gong"，其实也是拟声，这"宫"的一声，也成为蜕变后欢腾的赞美。这是里尔克从"哦,甜美的歌"极简到"锣"的升华之路。

在克里姆特 1895 年的油画《音乐》(*Musik*)中,我们也同样能看到用各种超现实图像对音乐本质的表现。在右侧的斯芬克斯和左侧若隐若现的潘神的护卫下,手持齐特琴的少女被葡萄藤围裹在夜色中。她的头低垂,似乎她抚出的最后一个音已经慢慢逝去,只留下沉默。但是,那个悬浮在黑夜和沉默之上的音,依旧可以被灵魂听见:"它刚才是悲伤的终止,它现在不复存在,它改变着意义,它是伫立于黑夜中的一盏明灯。"

克里姆特:《音乐》

引用文献

1. Görner, Rüdiger. „… und Musik überstieg uns… ". Zu Rilkes Deutung der Musik, in：*Literarische Betrachtungen zur Musik*. Frankfurt am Main：Insel Verlag，2001.

2. Deinert，Herbert. *Rilke und die Musik*. Senckenberg：Universitätsbibliothek Johann Christian，1959.

3. Peter Demetz，*Rilke-Ein europäischer Dichter aus Prag*. Würzburg：Königshausen u. Neumann，1998.

4. 托马斯·曼：《浮士德博士》，罗炜译，上海：上海译文出版社，2012 年。

Die Sonette an Orpheus（Teil I, V）

Rainer Maria Rilke

Errichtet keinen Denkstein. Laßt die Rose

nur jedes Jahr zu seinen Gunsten blühn.

Denn Orpheus ist's. Seine Metamorphose

in dem und dem. Wir sollen uns nicht mühn

um andre Namen. Ein für alle Male

ist's Orpheus, wenn es singt. Er kommt und geht.

Ist's nicht schon viel, wenn er die Rosenschale

um ein paar Tage manchmal übersteht?

O wie er schwinden muß, daß ihr's begrifft!

Und wenn ihm selbst auch bangte, daß er schwände.

Indem sein Wort das Hiersein übertrifft,

ist er schon dort, wohin ihr's nicht begleitet.

Der Leier Gitter zwingt ihm nicht die Hände.

Und er gehorcht, indem er überschreitet.

致俄耳甫斯的十四行诗（第一部分·第五首）

赖内·马利亚·里尔克

不要建立纪念碑①。只要让玫瑰

年复一年地为他绽放。

因为俄耳甫斯便是它。他的变形

在此在彼。我们不该穷追

其他的名字。一，即全然，

每每歌声响起②，便是俄耳甫斯。来而复去。

若他有时比玫瑰花瓣

多存几日，岂不已足够？

哦，他必消逝才能让你们理解

即使他自己，对消逝或许也畏怯③。

当他的言语超越此间之在④，

他便已在彼处，你们无法随往。

里拉琴的弦网未能将其双手捆绑。

他顺从，以超越的方式。

注释

① 原文此处使用的是针对"你们"的祈使句,表示劝诫,甚至警告。

② 原文此处使用形式主语"es",突出歌唱的发起者已不再只是"俄耳甫斯"本人。他化为此处或彼处的歌者,只要有歌声响起,便能追溯到那位最原初的歌者俄耳甫斯。

③ 原文此处使用虚拟式,表示一种不确定性,故在译文中加入"或许"。

④ 原文用"Hiersein",在字面上与海德格尔在《存在与时间》中提出的"Dasein"概念相对应:hier 指"这里,此间",而 da 指"那里,彼处"。海德格尔的"Dasein"常常被译为"此在"、"亲在",这里将"Hiersein"译为"此间之在",强调与"Dasein"之间的区别。

解读

1922 年 2 月，在完成历时多年的《杜伊诺哀歌》之后，里尔克以"口述笔录"般的速度，写下了 55 首十四行诗，并将其命名为《致俄耳甫斯的十四行诗》。它和《杜伊诺哀歌》一起，成为诗人晚年最重要的作品。

古希腊神话中的英俊少年俄耳甫斯，在西方早已成为诗人与音乐家的象征。俄耳甫斯就是音乐与诗歌力量的化身——他的音乐可以战胜魔性：他用演奏压倒了塞壬魅惑性的歌谣，帮助阿尔戈英雄在远征中顺利驶过女妖们的海岛。他的音乐可以超越生死：当他的爱妻尤莉迪斯在婚宴中被毒蛇咬死后，痴情的俄耳甫斯追至冥界，在冥王哈迪斯和冥后珀耳塞福涅面前弹奏里拉琴，统治冥界的王和王后被这深情的歌声打动，居然允许俄耳甫斯带着妻子离开冥界。然而，他的音乐却也是永恒的哀歌：冥王命他在携妻离开冥界的途中，切不可回首，但他在最后即将到达阳界时，忍不住回头确认妻子是否跟随，这使尤莉迪斯永远坠入黑暗的深渊。伤心欲绝的俄耳甫斯从此遁世隐居，只在音乐中哀恸叹息，低述诸神的故事。在奥维德的《变形记》中，俄耳甫斯坐下来弹唱之地就长出了一片绿荫，各种飞禽走兽都被他的歌声与琴声吸引过来。而赫耳墨斯赠予他的那把里拉琴，也成为了"诗歌"的源头，成为倾吐衷肠的象征。

"歌唱就是存在"。（第一部分·第三首）于是，这位跨越生与死、经历爱与痛的俄耳甫斯，成为里尔克晚期作品中的关键人物之一。

荷兰画家阿尔伯特·盖依普:《俄耳甫斯吸引飞禽走兽》

在这首十四行诗的第一段中,诗人就告诉我们,不需要为俄耳甫斯建立固定在某处的纪念碑,后世不应该试图以这种僵硬的方式将他挽留。因为他是最原初的歌者,"他的变形在此在彼"——他的生命在每一个诗人、每一首歌曲中都获得延续与更新,他"来而复去",仿佛盛开大地的玫瑰,年复一年地绽放,枯萎,凋零,重又绽放。

玫瑰花瓣层层依偎,看上去浓烈鲜妍,但花瓣其实很脆弱。诗人的肉体也恰似玫瑰花瓣般容易逝去。在奥维德的《变形记》中,俄耳甫斯的身体最终被酒神狄奥尼索斯的女追随者,一群被称为迈那得斯的狂女们撕得粉碎。他的尸体散乱满地,但他的头颅与手中的里拉琴在河中漂流时,却依旧不停着歌唱着、弹奏着,两岸也因之发出哀叹的回音。歌声、诗句能比肉体"多存几日"，"岂不已足够"？因为只有知道肉体终将逝去，才有可能理解存留的"乐与诗"，理解其"超越此间之在"的力量。

里尔克，这个常常惶惶不安张望着周围世界的诗人，这个常常四海为家、深知生之维艰的流浪者，在创作《致俄耳甫斯的十四行诗》时，他的身体早已虚弱不堪，他的思绪更加紧迫地思考着死亡。在这首诗中，我们已经能够隐约读到诗人对肉体逝去的"畏怯"。但他更确信的是，尽管如此，自己的诗句"已在彼处"——那是更高更深更远之处，是生者"无法随往"之地。

在人生旅途的最后几年，里尔克就像俄耳甫斯一般隐遁在尘世的角落，将许多时间用在栽种玫瑰、歌咏玫瑰上。去世前一年，病重的里尔克在遗嘱中，将下面这几句诗确定为自己的墓志铭。这短短的几行诗，正是"俄耳甫斯"与玫瑰的隐秘合体，后来也成为德语诗歌中公认最难解的文字之一：

> 玫瑰，哦，纯粹的矛盾，
>
> 　　　　　　乐欲，
>
> 是无人的沉睡
>
> 　　　在多少
>
> 眼睑下。

在这段简短的墓志铭中，里尔克悄悄藏入了两个文字谜语。形容词"rein"（纯粹的）在此处的变形"reiner"，恰好也与诗人的名字

"Rainer"（赖内）发音一致。因此，"纯粹的矛盾"也就成了"赖内的矛盾"，成了里尔克的矛盾。玫瑰，在此成为诗人的化身。而"Lid"（眼睑）一词，又与"Lied"（歌）发音一致。"在多少眼睑下"可以被理解为，宛若眼睑的层层玫瑰花瓣已经合拢——双眼已经闭上，此生已经结束。而与"Lied"（歌）的谐音同时也暗指，留下许多诗歌的诗人长眠于此。于是，玫瑰、死亡与诗歌在"Lid"这个词中融合为一。正如俄耳甫斯一样，肉体可以被肢解，但歌者留下的歌、诗人留下的诗却能超越死亡，与"永恒"相联。因此，生命的结束并不是一切化为乌有的绝对之死，而是一种"乐欲"，一场和解。

在人类文明的历史长河中，玫瑰被赋予了太多意义。玫瑰美丽的花朵和强硬的梗刺使其天生就是矛盾的存在，也自然成为西方文化中"矛盾"的主要意象之一。在古希腊神话中，火焰般的红玫瑰代表着最炽热的渴望：阿芙洛狄忒在听闻美少年阿多尼斯被野猪袭击后，飞快赶至濒死的爱人身边，她赤足踩在带刺的玫瑰丛中，流淌的鲜血将白玫瑰染成了红玫瑰。玫瑰，也是俄耳甫斯的"变形"。因为这位最原初的歌者身上凝聚了"纯粹的矛盾"：热情（Leidenschaft）与痛苦（Leiden），乐欲（Lust）与重负（Last），最终归于同一个词的两面：Passion——激情与受难。

而在天主教传统中，玫瑰也是圣母玛利亚的象征：白玫瑰象征着她的谦逊顺服、圣洁无染，红玫瑰则象征着她的仁爱慈悲，同时也常常暗寓她怀中圣子的受难。欧洲文化从古希腊传统发展到与希伯来传统汇合前行，玫瑰的这种"矛盾"意象已经从哲学性的辩证，越来越多地具有了神学性意蕴。

15 世纪科隆画派画家施蒂芬·洛赫纳：《玫瑰花篱中的圣母》

　　至此值得探讨的是，里尔克是否真的在俄耳甫斯跨越生死的歌中，看到了"生命与死亡"、"此世与彼世"间对立的消解？回顾诗人一生，他的确从未停歇地对这一问题进行苦苦追问。在这首十四行诗的最后一段中，我们隐约读到了他心灵的回答：

　　　　里拉琴的弦网未能将其双手捆绑。
　　　　他顺从，以超越的方式。

"超越"（überschreiten）一词在德语中有两层含义，一为法律意义上的违反（规定）、跨越（界限），一为哲学、神学意义上的超越、升华。俄耳甫斯曾用他的琴与歌"跨越界限"，试图将爱人救出冥界，但最终爱人倏然堕回阴间，乐与诗的力量依旧有限。可当他自己的肉身也在狂暴的撕扯中逐渐逝去时，里拉琴的弦网却没能束缚住他残留的双手，漂泊在河面依旧吟唱——赞美与哀悼。因此俄耳甫斯也以莫可言喻的方式达到了第二层次的"超越"，他所做的不是反抗、斗争，而不过是"顺从"，而"超越"也就发生在看似软弱无力的"顺从"中。

于是，关于里尔克，混乱与困惑的焦点也在此爆发——简单肯定里尔克诗歌的"基督教特质"在此显然成为一厢情愿的愚蠢，因为里尔克笔下俄耳甫斯式的顺从，并不是圣母玛利亚式的顺从。俄耳甫斯顺从的不过是希腊式的无法改变的残酷天命。"超越"在此仅仅发生在看似软弱无力的"爱"与"顺从"中，而非玛利亚式的主动回应呼召，走向牺牲。里尔克的答案似乎终止于"爱"与"顺从"，却失却了"牺牲"。里尔克身处的时代，欧洲近两千年的基督教传统受到现代化进程狂风暴雨般的冲击，诗人一方面深受震动，例如他对基督教原罪观表现出的疏离，一方面又勉为其难地试图另辟蹊径——一条能连接神圣信仰与人文主义、基督教圣徒与古希腊悲剧英雄的救赎小径。

这位终生挚爱玫瑰的孤独诗人，最终安息在瑞士小镇拉龙（Raron）的一处教堂墓地。他在遗嘱中耐人寻味地特别要求：将旧碑石上的碑文抹去后刻上自己的这段墓志铭。他的墓碑前，玫瑰年复一年地绽放。这方寸空间融合了玫瑰、诗人之死与诗歌的永存，既是对"死亡"本身的一种纪念，也已然成为关于生命奥秘的一份提问。

引用文献

1. Rilke, Rainer Maria. *Gedichte*. Frankfurt am Main: Fischer Taschenbuch Verlag, 2008.

2. Leppmann, Wolfgang. Zauberwürfel, in: *Von Arno Holz bis Rainer Maria Rilke*. Reich-Ranicki（Hrsg.）Frankfurt am Main & Leipzig: Insel Verlag, 1995.（1000 *Deutsche Gedichte und ihre Interpretationen*, *Band 5*）

3. 勒塞:《里尔克的宗教观》,林克译,载《〈杜伊诺哀歌〉与现代基督教思想》,上海:上海三联书店,1997 年。

4. 奥维德:《变形记》,杨周翰译,上海:上海人民出版社,2016 年。

Mein blaues Klavier

Else Lasker-Schüler

Ich habe zu Hause ein blaues Klavier

Und kenne doch keine Note.

Es steht im Dunkel der Kellertür,

Seitdem der Welt verrohte.

Es spielen Sternenhände vier

-Die Mondfrau sang im Boot-

Nun tanzen die Ratten im Geklirr.

Zerbrochen ist die Klaviatür ...

Ich beweine die blaue Tote.

Auch liebe Engel öffnet mir

-Ich aß vom bitteren Brote-

Mir lebend schon die Himmelstür-

Auch wider dem Verbote.

我的蓝色钢琴

埃尔沙·拉斯克-许勒

我家有架蓝色的钢琴①
可我弹不出一个音符。

它立在地窖门边的黑暗处，
自从这世界堕落殆尽。

四手联弹的繁星②
——舟中吟歌的月姑——
如今只剩老鼠叮当跳舞。

键闳③破碎凋零……
我为蓝色的死者恸哭。

啊,亲爱的天使,请您
——因我咽下的面包涩苦——
现在就为我打开天国的门户——
即便这会违背诫命④。

注释

① 原文采用交叉韵(Kreuzreim)，且阴性和阳性韵脚交替出现。中译也尽量还原原文形式上的流畅整齐。

② 原文"Sternhände"可以直译为"繁星之手"，是诗人的自造词，在此译为"四手联弹的繁星"，也是为了让整个场景表现更为清晰。

③ 许勒在诗中特别强调了对"门"这个意象的三重运用。她在第二段中使用"Kellertür"（地窖门），最后一段中使用"Himmelstür"（天国的门户）。但第四段中的"Klaviatür"则是诗人的自造词，与其非常相近的德语词"Klaviatur"意为键盘，但许勒用的是带有变音的"Klaviatür"，此处译为"键阄"，为在中文表达中尽量突出"门"的玄机。

④ 原文为"Verbote"，表示"禁令"。但译者认为，诗人无法抵抗"出版禁令"，所以这里的"Verbote"显然不直接影射现实中的禁令，而犹太教中的诫命，一般用相近的德文词"Gebote"。译者在此依旧译为"诫命"，认为诗人想在此表达接近"渎神"的反叛情绪。

解读

《我的蓝色钢琴》是德国表现主义女诗人埃尔沙·拉斯克-许勒的代表作之一。作为一名犹太裔德语女诗人，许勒经历了颠沛流离的一生：1933 年纳粹上台后，许勒流亡瑞士。同其他犹太作家一样，她的作品被禁止在德国出版。流亡期间，她曾三次前往巴勒斯坦"寻根"。1938 年，她的德国国籍失效。次年，由于战争爆发，瑞士拒绝给她从巴勒斯坦返回瑞士的签证。1945 年，这位被称为"以色列黑天鹅"的女诗人在穷困潦倒中死于耶路撒冷。

许勒的诗歌常常带着很强烈的"自传"性质，涓涓细流与火山熔浆在她的诗歌中常常同时爆发，向死而生的力量让她有别于其他流亡作家。该诗作于 1937 年，许勒在那一年第二次回到犹太圣地，却并没有得到心灵的安慰。"蓝色的钢琴"这一意象不仅充满了怀念的惆怅，同时也是女诗人在流亡中绝望的呐喊。1943 年，她的最后一部诗集在耶路撒冷出版，诗集就以《我的蓝色钢琴》作为标题。

标题就指明了该诗最主要的两个意象："蓝色"和"钢琴"。蓝色在德语文学中有其特别的传统：从启蒙运动作家维兰德小说中的"蓝蝴蝶"到歌德笔下维特那套著名的蓝色燕尾服，再到浪漫主义诗人诺瓦利斯小说中的"蓝花"，"蓝色"在德语文学传统中象征着对爱情、对远方、对永恒的无限渴慕与追求。"蓝色"对许勒同样至关重要，出现在她的多首诗中——"在你蓝色的灵魂中，星辰渗入夜晚"（《致特里斯坦王子》），"我的歌带着太阳的蓝色，黯然归乡"（《我的寂静歌曲》)。许勒对"蓝色"的追求具有双重意义：一方面代表肉体上背井离乡的诗人对德国、对故土的思念，另一方面也体现着精神上对犹太文化中古老救赎传统的渴慕。因此，许勒的"蓝色"既暗寓困于当下的忧郁，又隐含朝向未来的希望，既是夜晚的色彩，又是太阳的颜色。

诗中另一个主要意象是"钢琴"。如果说在古希腊传统中，手持"里拉琴"的俄耳甫斯是抒情诗人的代表，那么在现代，"钢琴"就一定是最能表达个人情感的诗意乐器，尤其在德奥传统艺术歌曲中，钢琴总是与诗歌一同浅吟低唱，是最贴近心灵的乐器。

但许勒的诗歌表现了"钢琴"与"音乐"之间的距离："我"家虽然有架蓝色钢琴，"可我弹不出一个音符"。无法弹奏，不仅因为"我"已颠沛流离至异乡，也因为"钢琴"本身的异化："自从这世界堕落殆尽"，这蓝色钢琴就只能"立在地窖门边的黑暗处"。这四句诗行，概括性地描述了这位犹太女诗人所处的政治环境：遭到出版禁令的许勒，正如同隐匿在暗处的"蓝色钢琴"，她的艺术无法被这个糜烂的世界所接受。

诗歌第三段中构成了过去与现在之间强烈的对比。诗人用自造词"Sternhände"（繁星之手）、"Mondfrau"（月姑）表现往昔的如梦如幻。"四首联弹"说明"我"曾与别人一同弹奏这架"蓝色钢琴"。而"舟中吟歌的月姑"可能指许勒早逝的母亲。"月姑"这一形象也出现在她的其他诗歌中。追忆已成往事，人世沧桑，只剩"老鼠叮当跳舞"。这一超现实场面是对当时政局含沙射影的描写——纳粹恐怖的欢庆，令人作呕，正如群鼠乱舞。

就是在这令人惶恐不安的暗夜，"钢琴"本身愈来愈破碎败坏——艺术早已失去了生长所需要的空气与土壤。"蓝色的死者"既是已无法生存下去的音符与诗文，也是诗人的犹太同胞。这首诗创作于 1937 年，那时纳粹虽已通过了反犹法，但还未开始大规模屠杀犹太人，许勒的诗歌宛如一首带有预言性的安魂曲，为数百万犹太同胞提前唱起了挽歌。

到了诗歌最后一段，死亡带来的悲戚与绝望越来越浓厚。我们如同看到客西马尼园里极度忧伤的耶稣，求父将"这杯撤去"。诗人祈求逃避深渊般黑暗的命运，"因我咽下的面包涩苦"。面包是生命的象征，诗人虽然逃离了集中营的浩劫，却依旧难逃悲苦的命运，仿佛每天吞咽着苦涩的面包度日。诗人恳请天使为她打开天国的门户，显然怀着对末世救赎的渴盼，但救赎的光明与诗人身处的现实之间，横亘着难以逾越的深渊。诗人终究无法像客西马尼园的耶稣那样祈祷"不要成就我的意思，只要成就你的意思"（《路加福音》22：42）。在恐惧、迟疑、悲苦、怀疑、不安堆积成的难以承担的重负下，诗人还是发出惊恐的呐喊："即使这会违背诫命。"

细读原文，我们还能发现一处玄机，就是许勒对"门"这个意象的三重运用。诗中三次出现了"门"这个词：意义比较清晰的是第二段中的"Kellertür"（地窖门）和最后一段中的"Himmelstür"（天国的门户），而第四段中的"Klaviatür"则又是诗人的自造词，与其非常相近的德语词"Klaviatur"意为键盘，但许勒用的是带有变音的"Klaviatür"，可直译为"钢琴之门"，究竟什么是"钢琴之门"？显然并非单指钢琴琴盖（Klavierdeckel）。"地窖门边的黑暗处"是现实中"蓝色钢琴"的命运，"天国的门户"遥在"蓝色的死者"通往天堂的路径前方，只有那未知的"Klaviatür"（键阅）才是依然对陷在深渊中进退维谷的"我"敞开的门——艺术虽然已"破碎凋零",却依旧是诗人在阴郁的现实中生存下去的依靠。诗人在自己创造的"诗性世界"中找到了逃离可怕现实的暂时出口——许勒情感真实的诗歌里,最终的叹息是如此顽强又无奈的挣扎。

从中世纪开始,蓝色,尤其是略带灰色的浅蓝色,就在符号体系中成为象征忧郁和悲伤的颜色。而在 20 世纪初,蓝色又打开了表现主义艺术家超现实的梦境,这不仅体现在许勒、特拉克尔的诗歌中,也体现在弗朗茨·马克(Franz Marc)、保罗·克利(Paul Klee)的绘画中。他们笔下的蓝不再是拉斐尔所绘圣母身上的圣洁蓝色,也不是维美尔玩转于笔尖的精致蓝色,而是变得更透明,更幽深,也更痛苦。正如克利 1939 年的油画《蓝花》(*Die blaue Blume*),仿佛蓝色的月光洒向蓝色的花园,令人沉醉,令人平静,一切痛苦与希望也都被染成蓝色。

保罗·克利:《蓝花》

引用文献

1. Bauschinger，Sigrid. *Else Lasker-Schüler Biographie*. Göttingen：Wallenstein Verlag，2004.

2. Egyptien，Jürgen. Zwischen Chaos und Sternwerdung. Zum Verhältnis von Poesie，Religion und Anthropologie bei Else Lasker-Schüler，in：*Else Lasker-Schüler. Text+Kritik*. München：edition text+kritik，1994.

3. 米歇尔·帕斯图罗：《色彩列传：蓝色》，陶然译，北京：生活·读书·新知三联书店，2016 年。

诗歌选读（26 首）

菩提树下①

瓦尔特·封·福格威德

菩提树下，

荒野原边，

那儿有我俩的床榻，

你们会发现，

我俩一起，

折断的花草，

树林前，山谷间，

噔哒啦呔!②

夜莺的歌声绵甜。

我迈步

走到河谷，

心爱的人儿早已到来。

他迎接我：

"神圣的少女!"③

幸福永生不殆。

他可吻我？千遍万遍！

噔哒啦呔！

瞧，唇边红晕涟漪！

他还在那儿

用无数鲜花

为我铺设爱的花床。

倘若有人

来到这条路上，

定会笑话我们一场。

他会在玫瑰丛中看见——

喤哒啦哒！

我酣卧其间。

假如有人知道，

他就躺在我身旁，

（上帝保佑！）我定羞愧难当。

我俩的幽会，

除了他和我，

绝无他人知晓，

还有一只小鸟——

喤哒啦哒！——

它不会将这秘密公开。

注释

① 这是德国中世纪最重要的诗人瓦尔特·封·福格威德的代表作。
这首诗在当时的宫廷恋歌与工匠诗歌中颇具革命性。因为它描述
了普通人之间的爱情。福格威德的这类诗歌后来被称为"低等恋
歌"（niedere Minne），与将宫廷典雅爱情作为主题的传统"高等恋
歌"（hohe Minne）相对应。这是一首典型的"柱头诗"，每段的1—
3行为"柱头"，4—6行为"柱尾"，两者合称"起唱"，且柱头与柱尾
有相同的曲调，7—9行为"终曲"。可惜这首诗当时的乐谱并未流
传下来。

② 原文为"tandaradei"，是福格威德的自造词，用来模仿夜莺的歌声。
这个拟声词在每段的"终曲"部分都会出现一次，一是给歌者和听
众一个停顿时间，赋予想象力更多的空间，二是使"夜莺"成为整个
秘密幽会从头到尾的见证者与守秘者。

③ 可见诗人在此是以一位女性的视角来回忆这段乡间幽会的，而且
诗歌始终带着一种愉悦的基调，并未提及离别的悲伤，也没有表现
出悔意，这与之后浪漫主义时期的一些女性视角诗歌很不一样。

音乐女士①

马丁·路德

一切尘世千欢百嘉，
绝无其他纯良如她。
我为她献上歌喉，
还有甜美的弹奏。

只要结伴齐声歌唱，
便不会将勇气失丧，
远离愤怒、争端与恨忌，
心中愁苦全然退离。

贪婪、忧虑与一切重负，
随各种哀痛悄然逝去。
此般欢乐并非罪孽，
人人得享自由喜悦。

上帝也惊叹不已，
她胜过世间欢愉。
她摧毁魔鬼所为，
阻挡屠夫与暴贼。

大卫王作出见证，
他常用甜美琴声，
替扫罗将恶魔拦阻，
使他免于陷入杀戮。②

她使心灵宁静宽厚，
圣言与真理伴左右。
先知以利沙坚信，
借助竖琴得获圣灵。③

一年中的最好时光，
所有的小鸟都歌唱，
天与地被音乐围绕，
响彻着美好的歌谣。

彼时亲爱的夜莺，
用她可爱的歌鸣，
使遍地欢腾喜悦，
为此我们时刻感谢。④

创造她的亲爱上帝，
祂的世界更加珍奇。
祂塑造真正的歌手，

使音乐成为大师。

她歌唱跳跃日夜不息，
称颂上帝乐此不疲，
我也用歌声赞美称臣，
向袛倾吐永恒的感恩。

注释

① 1538 年，马丁·路德为自己的作曲家好友约翰·瓦尔特出版的《赞颂伟大的艺术音乐》一书作序，序言中就包含了这首名为《音乐女士》的诗歌。"Musik"（音乐）一词在德语中是阴性名词，所以路德在诗中将音乐人格化为一个很有能力的女士，甚至可以说是一位女神。从这首诗歌中可以一窥路德的音乐观。

② 路德在这首诗中举了《旧约》中的两个例子来说明音乐的神学意义，这两个例子也出现在他关于《诗篇》的讲道中。第一个例子与《诗篇》的作者大卫有关。《撒母耳记上》记载，有恶魔降临到扫罗

伦勃朗：《扫罗与大卫》

身上搅扰他的时候,大卫就在他面前弹琴,于是扫罗就舒畅爽快,恶魔就离开了他。路德由此指出音乐具有抵御魔鬼的力量。

③ 路德所举的第二个例子是关于先知以利沙的。《列王记下》记载,以利沙让以色列王给他找一个弹琴的人来,琴声响起时,耶和华的灵就降临到以利沙的身上,他便开始说预言。路德由此指出了音乐与圣灵之间的直接关系。

④ 路德在此用"夜莺"的比喻,鼓励众人都要像夜莺一般用自己的歌喉赞美并感谢造物主。后来,德语工匠诗人汉斯·萨克斯(Hans Sachs)于 1523 年创作了著名的长诗《维滕堡的夜莺》(Die Wittembergisch Nachtigall),以诗歌的形式在民间传播路德改革的基本教条。在该书首版的封面上,我们能看到一只高高站在枝头

汉斯·萨克斯 1523 年的长诗《维滕堡的夜莺》封面

歌唱的夜莺，树下是围绕着它的羊群。这只夜莺面朝白日，背朝月亮，正象征着马丁·路德。三百多年后，作曲家瓦格纳将这位中世纪名歌手萨克斯写入了他的歌剧《纽伦堡的名歌手》（*Die Meistersinger von Nürnberg*）中。在第三幕第五场中，众人齐声合唱的一曲《醒来吧，白昼将近》（Wach auf, es nahet zu dem Tag）正是使用了《维滕堡的夜莺》这首诗歌的开篇段。

上帝是我们的坚固堡垒①

马丁·路德

上帝是我们的坚固堡垒，②

刀枪剑戟，精良装备。

祂救我们脱离一切困苦，

随时随地给予帮助。

自古以来的宿敌撒旦，

如今依旧作恶多端。

强顽的力量，阴险的诡计，

便是他的凶残武器。

尘世间本无人能敌。

我们若单凭一己之力，

顷刻便将一败涂地。

幸有人子为吾等征战，

是由上帝亲自拣选。

若问这公义之士是谁？

祂便是耶稣基督。

祂是万军之主③，

亦是万有之父。

这片土地必由祂守护。

纵使魔鬼盘踞世间，
想将我们吞噬压碾，
无须受其恐惧威逼，
因为真理终必胜利。
在地上掌权的撒旦，
无论如何狂暴凶悍，
又岂能让我们胆颤，
因为他已受到审判。
单凭一词便可使他灭亡。

太初圣道④应当立定，
黑暗终会退出阵营。
祂的安排赐人安泰，
圣灵恩典与众同在。
纵使肉体遭敌蹂躏，
掠夺财富、荣誉与至亲，
尚且任其肆意残害。
魔鬼企图终将失败，
世世代代天国⑤永存。

注释

① 根据现有文献，马丁·路德的这首圣歌应该可以追溯到 1528—1529 年，歌词是路德根据《诗篇》第 46 篇改写的。这首圣诗有不下几十种汉译，中文译名也各有不同，如《上帝是咱安全要塞》、《主是我们坚固保障》、《我神是稳当避难所》等。在目前大陆三自教会最通行的赞美诗集——中国基督教两会出版的《赞美诗（新编）》中，只收录了一首路德圣歌，就是被译为《坚固保障歌》（第 327 首）的这首圣歌，歌词使用的是杨荫浏先生 1933 年的译本。杨先生于 1929 年应基督教圣公会之聘从事赞美诗的译编工作，对圣诗中译贡献巨大。但杨先生的翻译是适合被唱出来的，与原文的意思稍有出入。

② 原诗通篇采用交叉韵（abab），笔者在翻译时转换成了邻韵（aabb），更符合汉语歌曲中的押韵规律。

③ 原文为"Zebaoth"，来自希伯来语，在《旧约》中是耶和华名字前的一个限定词，和合本《圣经》一般翻译为"天军"或"万军之主"。

④ 原文使用"das Wort"，直译为"词"、"言"。在此翻译为"太初圣道"，参见《约翰福音》开篇第一句，和合本译为"太初有道"。

⑤ 原文中此处的"Reich"（国度、帝国）特指"Himmelreich"（天国）。这首圣歌在纳粹统治时期被极端意识形态滥用，最后一句中的"Reich"被用来指射"das dritte Reich"（第三帝国）。例如，1944

年 10 月 18 日，借希姆莱公开推广"人民冲锋队"之机，"大德国广播"（der Großdeutsche Rundfunk）播出了庆典节目，节目开头的合唱就选择了《上帝是我们的坚固堡垒》中的第一段和最后一段。

夏 夜①

弗里德里希·戈特利普·克洛卜施托克

当月亮的薄光此刻
倾泻在林中，
伴着菩提树的芬芳，
清风中浮香。

而思念影占心头，
引我到爱人的墓旁，
却只见林中幽暗，
再也嗅不到花的芳香。

我与你们曾②如此欢畅，哦，逝者啊！
馨香与清风曾如此徐拂过我们，
月亮曾使一切如此娇美，
哦，美妙的大自然！

注释

① 该诗创作于 1776 年,也是一首独具克洛卜施托克风格的自由体无韵诗,与本书前文所阐释的《早逝者之墓》互相映衬。全诗共三段,每段四行,每段的音节数都是 11－11－8－6,每段的音步数都是 6－5－4－3。德国古典主义早期作曲家格鲁克和奥地利浪漫主义作曲家舒伯特都曾为这两首诗歌谱曲。

② 原文前两段使用一般现在时,而在第三段前三句中使用过去时,表示对过往的回忆。译文在这三句中加入"曾",以示区别。

音 乐

弗里德里希·戈特利普·克洛卜施托克

只有非永生者才享有最愉悦、最纯粹的快乐，

　　唯独他们享受音乐？①

难道不也被古弦琴或阿波罗②的占有者享有？

　　又或其他世界的居住者？

我们只是通过各种各样的触动，

　　柔和抑或强大的气息，

来诱使生之音交出我们所构建的那些形式？

　　声音自己可以歌唱吗？③

他者岂不也可以使魔力的殿堂井然有序，

　　岂不也可以达成步伐与关系？④

勿有舛错！⑤你们怎知在那星光闪烁之处，

　　岂不同样因音乐而欣喜？

怎知那高处没有奏得更响亮？怎知更鲜亮的

　　嘴唇没有用歌唱撼动心灵？

或许是自己将小树林的悉沙、西风的吹拂

　　与溪流的潺潺相配合？

是自己将雷鸣暴雨与世界大洋相搭？

　　又与千军万马的合唱相匹？

勿有舛错！不仅在星辰之处，也在天穹之上，

　　因音乐而欣喜！

注释

① 原文第一句使用虚拟语态，表示一种质疑，与诗歌结尾使用的一般现在时相对应，后者表示一种肯定。全诗开始于质疑的问句，结束于肯定的赞美。

② 在古罗马神话中，太阳神阿波罗常常手持七弦里拉琴，因此他也是音乐家和诗人的保护神。

③ 原文此句与下一句均使用虚拟语态，同开篇首句，表示一种质疑。

④ 原文使用"Gang und Verhalt"，在此译为"步伐与关系"，"步伐"指代音乐在水平方向的旋律层面，"关系"则指代音乐在垂直方向的和声层面。

⑤ 原文此处及倒数第二行均使用了针对"你们"的强调形式祈使句。

死神与少女①

马蒂阿斯·克劳迪乌斯

少女：②

离去！哦，离去！

走开，猖狂的死神！

走开，情郎③，我正值青春！

切勿触碰我身！

死神：④

把手给我，你这娇美的尤物！

我是朋友，并非来惩戒：

快乐一些！我并不歹毒，

温柔地在我怀中安歇。

注释

①《死神与少女》是德国感伤主义诗人克劳迪乌斯的一首短诗，以少女与死神之间的直接对话方式描述了绘画艺术中这一常见主题。1817年，舒伯特将这首诗谱成同名艺术歌曲（Op. 7, No. 3）。1824年，他又创作了第14号弦乐四重奏（D. 810），其中第二乐章就使用了自己早年这首艺术歌曲的主题，并在此基础上进行变奏，因此，这首著名的弦乐四重奏也被称为《死神与少女》四重奏。

② 原诗少女部分全部使用三音步抑扬格，每一行都使用了祈使句，表现出少女面对死神时的恐惧与紧张感。

③ 在这里，少女称死神为"情郎"，这与许多以"死神与少女"为主题的绘画作品中所体现出的两者之间纠葛不清的关系相符。绘画中常常能看到美丽的少女与枯槁的死神之间具有情欲暗示的肢体接触。例如德国文艺复兴时期画家巴尔特尔·贝汉姆（Barthel Beham）去世那一年的油画作品《虚无》（*Vanitas*），画中的死神一手握着

汉斯·巴尔东：《死神与少女》

象征收割生命的镰刀,一手抚着少女的酥胸。再如同时期的德国画家汉斯·巴尔东(Hans Baldung)创作的一系列以《死神与少女》为标题的油画中,死神或拉扯着少女的长发,或从后面搂抱住少女企图亲吻她。

④ 原诗死神部分,第一行使用五音步抑扬格,第二至第四行使用四音步抑扬格,相比少女部分的三音步诗行,节奏明显缓和下来。面对死神的少女充满了恐惧感,而面对少女的死神则冷静了许多,如同唱着一首摇篮曲一般,劝诱少女走入他的怀抱。在舒伯特1817年的艺术歌曲中,少女的唱词部分使用小调,节奏较快且不规则,旋律持续上升;而死神的唱词部分则采用了大调,节奏缓慢平稳,旋律安定低沉,与诗人所使用的节奏与诗韵是一致的。

无　题^①

约翰·沃尔夫冈·封·歌德

让我聆听,让我感知,^②
声音对心灵的诉说;
生命中的冷漠时日
如今给予温暖,光亮。

意义永远能被接受,
当崭新的伟大呈现,
其固有的,永恒不朽,
不惧怕挑剔的损贬,

生机勃勃地从深处
汇聚成灵魂的合唱,
随性独立地为我们
铸就成了一个世界。

弟子来到大师面前,^③
就成为可赞的裨益,
因纯粹精神的临近
精神化^④了被打开的意义。

注释

① 1818 年圣诞节,歌德送给他的朋友海因里希·弗里德里希·舒茨
(Heinrich Friedrich Schütz)一本巴赫合唱曲曲谱,并在其中写入了
这首诗。长久以来,学术界对于这首诗的真伪存在分歧。卡尔·里
希特(Karl Richter)在其主编的慕尼黑版《歌德全集》中,将这首诗歌
收录在第 11 卷 1.1"可能出自歌德"这一类别中。但歌德专家博希迈
尔教授认为,这首诗拥有那种不易混淆的歌德式基调,让人很难相信
它可能是一首伪作。(见本书研究文论第一篇,迪特·博希迈尔的
《"被光照的数学题"——歌德评价中的约翰·塞巴斯蒂安·巴赫》)

② 原诗通篇采用四音步扬抑格,交叉韵(abab),译诗尽量还原原诗
形式。

③ 舒茨是距魏玛不远的温泉疗养胜地——伊尔姆河畔的贝尔卡市市
长、温泉监察官及女子学校校长。他曾师从管风琴师约翰·克里
斯蒂安·基特尔,而后者是巴赫最后一位有名望的弟子,所以舒茨
可以说是巴赫的徒孙。他继承了一些巴赫的手稿,常常在钢琴上
为歌德弹奏巴赫的管风琴及羽管键琴作品。歌德在这首诗中,不
仅表达了对"大师"巴赫的崇拜,同时也向其"弟子"舒茨的演奏致
敬。(见迪特·博希迈尔的《"被光照的数学题"——歌德评价中
的约翰·塞巴斯蒂安·巴赫》)

④ 原文为动词 geistigen,是歌德的一个自造词,来自名词"Geist"(精
神,心灵,思想)。

如果我是一只小鸟^①

（德国民歌，选自《少年的奇异号角》第一卷）

如果我是一只小鸟，

也有一对羽翅，

我就飞向你；

但这无法成真，

我独留此地。

虽然我们远隔千里，

梦里却在一起，

与你谈天说地，

但我一旦醒来，

空独留此地。

夜的时辰缓缓流逝，

我的心时刻清醒，

总思念着你，

你千遍万遍地

赠予我你的真心。

注释

① 这是一首在德国家喻户晓的民歌,该版本出自诗人赫尔德(Johann Gottfried Herder)收集的《民歌集》,后被浪漫派诗人布伦塔诺与阿尔尼姆收录进海德堡浪漫派的代表作品——三卷本的德意志民歌集《少年的奇异号角》。两人共同收集、整理、改编了民歌共723首,包括叙事曲、情歌、赞美诗、军歌、漫游曲、童谣等,这套书影响了此后一大批德语诗人与音乐家。许多作曲家都曾为《如果我是一只小鸟》谱曲,如莱歇特、韦伯、罗伯特·舒曼及其妻子克拉拉·舒曼等。

浪漫主义晚期奥地利画家莫里兹·封·施文特为《少年的奇异号角》所画的油画草图。

布谷与夜莺的比赛①

(德国民歌,选自《少年的奇异号角》第二卷)

从前在一个深深的山谷,

有一只夜莺和一只布谷,

布谷提出要进行比赛,

大家都要把杰作唱来,

无论是靠技艺靠运气,

胜利者都将获得恩赐。

布谷说:"但愿你喜欢,

我已经挑选好了裁判。"

即刻提名驴子来裁断,

因为他有两只大耳朵,

能听得更清楚明了,

也知道好坏的尺标。②

他们便飞到裁判边,

告诉他事情的原委,

他命他们开始唱吟:

夜莺唱得如此动听,

驴子说:"你让我头晕!

我脑子里塞不进这雅韵!"

紧接着是急鸣的布谷,
布谷! 三度四度五度,
把音符唱得断断续续,
期间还穿插嬉笑打趣,
倒讨驴子喜欢,他说,
等等,我要宣判结果。

夜莺你的确唱得尚可,
但布谷唱了美妙赞歌,
还保持内在节奏精细,
根据我至高的理解力,
即使代价是整个国度,
我也要让你最终胜出。

注释

① 布谷鸟以其不断重复的单调叫声"布谷"著称，而夜莺的音域则非常广，而且复杂多变，优美动听。奥地利作曲家马勒根据这首诗歌创作了艺术歌曲《赞美至高的理解力》（Lob des hohen Verstands），收录在管弦乐与钢琴伴奏的声乐套曲《少年的奇异号角》中。马勒借这首歌曲讽刺了当时的音乐评论家，认为他们和这首民歌中的驴子一样，看似"有两只大耳朵"，却只会中规中矩地根据"三度四度五度"的规则来评判；只喜欢"嬉笑打趣"的哗众取宠式音乐，却不懂欣赏像夜莺的歌声那般真正具有创造性的音乐；愚昧至此，却还自称具有"至高的理解力"。

② 让长有两只大耳朵的驴子来做裁判，这一点让人联想到奥维德在

雅各布·约尔丹斯：《阿波罗战胜潘》。画面左侧的提摩罗斯将头转向手持里拉琴的阿波罗，正打算给他戴上月桂冠，而画面右侧的弥达斯王则已长出驴耳朵，并面朝着吹着芦笙的潘神。

《变形记》第十一卷中记载的一场音乐比赛。吹芦笙的潘神不自量力地想与弹奏里拉琴的阿波罗比赛,并请提摩罗斯做裁判。裁判认为潘神那粗野的乐调完全无法与阿波罗高贵美妙的琴声相提并论,并判决阿波罗获胜,只有在场的弥达斯王不服,愚蠢的他被潘神的音乐迷住了。阿波罗认为不能让这种无法分辨美丑的人继续长着人的耳朵,就让弥达斯王长出了一对灰色的驴耳朵。在古希腊神话中,代表着"理性"与"和谐"的阿波罗惩罚弥达斯王长出了象征不具辨别音乐能力的驴耳朵。而在《布谷与夜莺的比赛》中,驴子的"大耳朵"反而极具反讽意义地象征着拥有"至高的理解力"。

驼背小人^①

（德国民歌，选自《少年的奇异号角》第三卷）

我想走进我的小花园，
想给我的洋葱浇浇水，
一个驼背小人站在那，
开始使劲打喷嚏。

我想走进我的小厨房，
想煮一煮我的小汤，
一个驼背小人站在那，
把我的小锅摔破。

我想走进我的小屋子，
想吃一下我的小麦片，
一个驼背小人站在那，
已经吃掉了一半。

我想走上我的阁楼，
想去取我的小木块，
一个驼背小人站在那，
已经偷走了一半。

我想走进我的地下室，
想打开我的小酒桶，
一个驼背小人站在那，
一把抓走了我的酒缸。

我想坐到我的小纺车旁，
想摇动我的小纺线，
一个驼背小人站在那，
就是不让我的纺车转。

我想走进我的卧室，
想铺一下我的小床，
一个驼背小人站在那，
开始狂笑不止。

当我在我的小床边跪下，
想稍微祷告一下，
一个驼背小人站在那，
开始和我说话。

亲爱的小孩子啊，我求你
也请为驼背小人祷告吧！

注释

① 这是一首在德国广为流传的儿童歌曲，描写了一个在少女做各种家务时专门捣乱的驼背小人。目前最通行的旋律出自尼古拉斯·伯日（Nikolaus Böhl）后来收集的歌集《奇异号角中的24首古老德意志歌曲》。"驼背小人"的形象也出现在不少文学作品中，例如托马斯·曼的《布登勃洛克家族》。此外，瓦尔特·本雅明（Walter Benjamin）在自传性随笔集《1900年前后的柏林童年》（*Berliner Kindheit um neunzehnhundert*）中，就在最后一篇中提到了童年时一直困扰他的"驼背小人"形象。这个"驼背小人"总是抢在他前面，挡住他的去路。虽然这个捣蛋的小怪物并未构成什么实际的巨大伤害，并且自己也是个可怜的倒霉鬼，还得请求别人替他祈祷，但也正是这个"驼背小人"，让本雅明回忆起几乎快被遗忘了的、曾经属于他的东西。后来，汉娜·阿伦特（Hannah Arendt）在《黑暗时代的人们》（*Men in dark times*）一书中回忆本雅明时，也引用了"驼背小人"来讲述缠绕着本雅明一生的"噩运"，正像被"驼背小人"盯上了一样，本雅明无法摆脱那张由荣誉、天赋、笨拙和噩运织成的巨网。

乳母的时钟 ①

(德国民歌,选自《少年的奇异号角》第三卷)

月光满溢,

婴孩哭泣,

钟敲子时,

神救所有病体。

神全知晓,

及至鼠咬,

钟敲一响,

美梦落你枕上。

夜祷临近,

修女打铃,

钟敲二响,

她们列队颂唱。

飒飒风劲,

公鸡打鸣,

钟敲三响,

车夫离开草垫床。

老马踢踏，

圈门吱嘎，

钟敲四响，

车夫筛燕麦一筐。

燕雀笑鸣，

太阳苏醒，

钟敲五响，

漫游者已在路上。

母鸡咯咯，

鸭子嘎嘎，

钟敲六响，

懒惰小妖快起床！

跑到面包店，

买个小面包，

钟敲七响，

火边牛奶不会凉。

放进黄油，

还有精糖，

钟敲八响，

快给孩子喂热汤。

注释

① 这是一首在德国广为流传的民歌,由九段四行体组成,分别描述了从午夜十二点到早上八点的八个小时,展现了德国普通百姓辛勤的日常生活。有不少作曲家曾为这首诗谱曲,其中包括罗伯特·舒曼、威廉·陶伯特(Wilhelm Taubert)等。

晚安,我的孩子[①]

（德国民歌,选自《少年的奇异号角》第三卷）

晚上好,晚安,

赠予玫瑰相伴,

覆着小丁香花,

溜进被窝底下,

明晨,若神答应,

你会重被唤醒。[②]

注释

① 这是一首在德国家喻户晓的民歌,浪漫主义作曲家勃拉姆斯于 1868 年将其谱成闻名世界的《摇篮曲》(Wiegenlied)。

② 最后两句表达了一种虔信的谦卑,第二天清晨是否还可以醒来完全取决于神的旨意。

你如一朵鲜花①

海因里希·海涅

你如一朵鲜花，
如此温柔、美丽、纯净；
当我凝视你，
忧伤便潜入我心。

我想，或许该把双手
按在你的头上②，
祈祷，上帝会保守，
你永远如此纯净、美丽、温柔③。

注释

① 这首诗作于 1823—1824 年,收录于 1827 年出版的抒情诗集《歌集》(*Buch der Lieder*)。创作这首诗歌时,海涅正陷入一场无果而终的恋爱。包括舒伯特、勃拉姆斯、李斯特、瓦格纳、布鲁克纳、西贝柳斯在内的许多作曲家都曾为海涅的这首名诗谱曲,其中最著名的是舒曼于 1840 年的谱曲,即声乐组曲《桃金娘》(*Myrthen*, Op. 25)中的第 24 首。

② 海涅在这里所描绘的动作"die Hände aufs Haupt dir legen",很容易让人联想起宗教仪式中的"按手礼"(Handauflegung)。在基督教礼仪中,神职人员在赐福或为信徒实行坚振礼时,会将手按在领受者的头上。诗人好似在祈求上帝赐福于这位他所爱慕的女子,让她永葆青春时代的温柔、美丽、纯净。

③ 在第一段中,海涅用"温柔、美丽、纯净"来描绘心爱的姑娘。在第二段中,他只是颠倒了这三个形容词的次序,成为"纯净、美丽、温柔",以极其朴质的方式,强调了他认为美好的这三点品质。

一颗星星落下来①

海因里希·海涅

一颗星星落下来
从它闪耀的高空；
这是颗爱情之星，
我看见它的坠陨。

从苹果树上掉落
许多树叶与花瓣；
微风纤佻地拂过，
将这些花瓣戏玩。

天鹅在池中吟唱，
清波里来回划掌，
但歌声越来越轻，
终堕入水流之墓。

此般寂静又黑暗！
花朵花瓣都吹乱，
那星已飘飞四散，
天鹅之歌也黯然。②

注释

① 这首诗作于 1822 年,同样收录于 1827 年出版的抒情诗集《歌集》。

② 海涅在这首诗歌中,利用了意象的叠加,最终都指向同一个象征意象:第一段中是坠落的星星,第二段中是从树上掉落的花瓣,而第三段中则是吟唱着直到沉入水中的天鹅。在诗歌的最后一段,我们能够读到所有一切的共同命运。天鹅如同诗人的化身,不停地来回游动,并且歌唱,却终究得不到回应,结局是死亡、沉默、黑暗。"天鹅之歌"的典故出自奥维德的《变形记》,德语中惯用这一表述(Schwanengesang 或 Schwanenlied)来指代音乐家或诗人死前的绝唱。最著名的例子就是舒伯特最后的声乐套曲——《天鹅之歌》(*Schwanengesang*, D. 957),这个名字其实是出版商在舒伯特死后发表时擅自加上的。其实,"天鹅"在文学传统中常常与诗人形象联系起来。在《理想国》中,柏拉图就称俄耳甫斯在死后选择以"天鹅"的形象继续接下来的生命。

洛累莱[①]

卡尔·瓦伦丁

诸位好，今日万分荣幸，
你们可能都认识我了，
事实上我总是优哉游哉，
人们都称我作洛累莱。
围绕我有诸多传唱，
这点我必须坦诚，
但无人曾目睹过真身，
我的美宛若女神。

我在此端坐了数千年，
无论雨雪日还是艳阳天，
这崖石嵯峨的峭壁，
已让我腰酸背痛心疲。
我歌唱，拨动竖琴，
除此之外做什么才行？
我不知究竟为何缘故，[②]
这歌早已平淡无趣。

每当早晨从睡梦中醒来，

我就梳理我那黄金般的头发，

这是我唯一的财富，

因为这年头黄金不足。

我愿为钢铁献出黄金，

然而终究决心不够，

因为钢铁般的头发简直蠢透，

我的梳子也无法承受。

我没有人类的灵魂，

只作为童话继续生存。

因而也就显而易见，

我为何已年方数千。

我就坦白说吧，

倘若我是人间的少女，

一定无法在那上头，

受这几千年的屈苦。

一位年轻船夫，恰似画中走出，

常驾小舟经过此处。

他在世间只爱一个尤物，

他只爱洛累莱，也就是吾。

瞧他这就又驾船驶来，

你这蠢蛋究竟何苦，

若还不打道回府，

我就用头发甩你脑袋。

这下您见过了洛累莱，

可别忘记她的气派，

于是我也又将消失，

暮色已悄然而至。

越来越黑越来越暗，

我也该慢慢去歇息，

总之您知道这是怎么回事儿哩，

我这就把麦克风关闭。③

注释

① 这首讽刺诗歌出自德国喜剧演员、民歌手卡尔·瓦伦丁。瓦伦丁
以洛累莱的口吻，一边弹琴，一边用沙哑的声音絮叨着这个千年传
说。他依旧采用了浪漫派作曲家弗里德里希·谢尔歇的民歌式旋
律，戏剧性地将"童话"与"现实"、"过去"与"今朝"一同捏碎在庸
俗琐碎的日常中。在表演时，他模仿大海德堡手抄本中宫廷恋歌
诗人福格威德的经典姿势，手持里拉琴，跷腿坐在岩石上，幽默中
透着深深的悲剧性。

② 瓦伦丁在歌词中多处影射海涅的《洛累莱》，例如在此处，他直接照
搬了海涅原诗开篇句"我不知究竟为何缘故"。

③ 往来于莱茵河的每艘游船，在经过中上游河谷的"洛累莱岩石"时，
扩音喇叭里必然会约定俗成地播放谢尔歇 1837 年为海涅的《洛累
莱》所谱的艺术歌曲，这首歌曲也让海涅的诗歌成为该民间传说在
德国最广为流传的"通行版"。瓦伦丁在这首歌中，用开着麦克风
不停歌唱同一首歌曲的现代"洛累莱"形象，彻底击碎了谢尔歇歌
曲中塑造的浪漫女神形象。

漫　游①

威廉·缪勒

漫游时磨工的快乐，

漫游！

假若从未想要漫游，

定是不称职的磨工，

漫游！

溪水成为我们的老师，

溪水！

它日夜不息地疾驰，

总是思索着远游，

溪水！

我们还能从水车轮中得知，

水车轮②！

它们从不愿停歇，

整日不知疲倦地转动，

水车轮！

还有沉重的磨石，

磨石！
它们列队跳着轻快的舞蹈，
甚至还想再快一些，
磨石！

哦，漫游，漫游，我的欢乐，
哦，漫游！
磨坊主夫妇啊，
就让我安宁地继续前行吧，
哦，漫游！

注释

① 这首诗歌出自德国浪漫派诗人威廉·缪勒的组诗《美丽的磨坊女》（*Die schöne Müllerin*）。组诗共25首,讲述了一个浪漫的爱情悲剧:青年磨工沿着一条小溪流浪,小溪将他引至林中的一个磨坊,他留在那里工作,并爱上了磨坊主漂亮的女儿;但心上人最终却被无论是社会地位还是身体都更具优势的猎人夺走,失恋的磨工在悲伤绝望中跳入了引他来到这处"爱与痛"之地的溪水中。1823年,舒伯特选取了其中20首谱成同名声乐套曲(D. 795)。《漫游》是套曲中的第一首,描述了磨工带着欢愉的心情和对未来的希望踏上漫游的旅途。舒伯特使用了传统分节歌的形式,而钢琴在这首艺术歌曲中则扮演了小溪的角色,连绵潺潺。

② "水车轮"在原文中是 Räder,这个词以德文中的小舌音"R"开始,而这个音本身也可以模拟水车轮的转动。

磨工之花①

威廉·缪勒

溪边开着许多小花，
明亮的蓝眼睛闪亮，②
小溪是磨工的朋友，
甜心有着亮蓝的眸，
因此这是属我之花。③

紧紧挨着她的小窗，
我将这些花朵栽上，
万物俱寂时向她呼唤，
当她已在睡梦中舒缓，
你们明白我的心意。

当她闭上可爱的眼睛，
沉浸在最甜美的梦境，
听见梦中人向她耳语：
请你勿忘，勿忘我！
这就是我的心意。

若她清晨打开窗户，

怀着爱意向上举目，

你们小眼上的露霜，

正是我闪闪的泪光，

只愿挥洒于你们之上。

注释

① 《磨工之花》是舒伯特的声乐套曲《美丽的磨坊女》中的第九首,描述了磨工在心爱之人的窗前种上美丽的小花,好让姑娘明白自己心意的场景。

② 这里将溪边的小花比喻成"明亮的蓝眼睛",很容易让人想起在德国浪漫主义时期具有经典象征意义的"蓝花"(blaue Blume)意象。该意象最早出诺瓦利斯的小说《海因里希·封·奥夫特丁根》(*Heinrich von Ofterdingen*)。

③ 原诗共四段,每段五行,其中前四行均为四音步抑扬格,只有第五行为三音步抑扬格。此外,每段前四行都以阳性韵脚(重音)结尾,表现出炽热的情感,而每段第五行都以阴性韵脚(轻音)结尾,又在羞涩的表白中结束。舒伯特在谱曲中也采用了分节歌的形式,并在每段结尾处极尽温柔地重复了最后一行。

鳟　鱼[①]

克里斯蒂安·舒巴特

澄澈小溪清流，
欢愉穿梭着
一条淘气的鳟鱼，
如箭般来回畅游：
我静静站在岸边，
甜蜜地凝神望见，
快乐欢愉的小鱼
沐浴在清澈溪涧。

钓客手握鱼竿，
傲然立于堤岸，
他用冷眼眈视，
小鱼戏水潺潺。
我想，只要水清，
一如现在这般，
他便休想用鱼钩，
把鳟鱼捕捉上岸。

何奈最终这恶盗，

早已迫不及待，
他奸诈地将水翻搅：
我还未及细瞧，
须臾间钓竿直驱，
小鱼痛苦扭动，
而我，义愤填膺地
注视着受骗的鳟鱼。

你们在安稳青春的②
金色泉水边流连时，
就想想鳟鱼的遭遇，
看到危险就快离去！
你们大都不够机智，
女孩们，切要注意
带着钓竿的诱惑者！
流血时就后悔莫及！

注释

① 这首诗是德国狂飙突进时期的诗人舒巴特因政治因素被捕入狱时所创作的，诗中的"鳟鱼"正影射着他的个人命运。1817 年，奥地利作曲家舒伯特选取了该诗的前三段谱写了同名艺术歌曲（D. 550）。1819 年，舒伯特又将这首艺术歌曲中的旋律用在他唯一的一部五重奏中（D. 667），也就是人们通常所说的《鳟鱼五重奏》。

② 舒巴特的原诗共四段，最后一段是诗人对年轻女子的告诫，也因此弱化了诗歌对诗人当时个人命运的影射，这或许是诗人出于政治考虑故意为之。"带着钓竿的诱惑者"喻指企图引诱年轻女子的男性，而"流血"显然影射少女被夺去贞操。舒伯特只选用了前三段谱曲，在那首曲调甜美的艺术歌曲中，钢琴与人声构成了戏剧式的叙事形式，钢琴在前两段中表现出溪水的清澈和鱼儿在水中的欢愉，而到了第三段，钓客突然将这一和谐的场景打破。删去最后一段以后，整首诗歌具有了更广泛的象征意义。

鲁特琴颂歌①

弗里德里希·罗赫利兹

轻些,轻些,小鲁特琴,
低声吐露我的告白之心,
去到那扇窗户那里!
如和煦空气的柔波,
把月之光辉与花之馨香,
带去女主人那里!

邻人的儿子们都羡慕,
窗户里便是那美人,
还闪着一束寂寥的微光。
所以更轻些,小鲁特琴,
亲密者自会听见你,
但绝非邻人,绝非邻人!

注释

① 这首诗是德国浪漫主义时期的作家罗赫利兹作于 1803 年的一首
小夜曲式的情歌。全诗共两段，每段六行，全部使用四音步扬抑
格，韵脚为阴阴阳、阴阴阳，相对应地，尾韵也是 aab、ccd 的裙韵。
舒伯特在去世前一年将这首短诗谱成艺术歌曲，收录于《三首歌
曲》（D. 905）。歌者在轻盈的旋律中向鲁特琴吐露心声，恳请它为
自己向心上人低吟一曲，但请轻一些，不要让嫉羡的邻人听到，温
柔且诙谐。鲁特琴是一种曲颈拨弦乐器，常见于中世纪欧洲。

在小荷尔拜因的名作《出访英国宫廷的法国大使》中就有
一把鲁特琴，琴下是象征着宗教改革的赞美诗集《宗教歌
曲集》，作者是马丁·路德的挚友约翰·瓦尔特。

祷　词①

爱德华·默里克

主啊！遣我你之所愿，②
无论欢愉抑或哀愁；
我都将欢欣喜悦，
两者都源自你手。

请不要用快乐③
也不要用痛苦
把我彻底浇灌！
在中庸之道里④
却有韶美的质朴。

注释

① 这是德国浪漫主义晚期比得迈耶派诗人默里克的一首短诗。诗歌共两段，很可能是在不同时期创作的，第二段最早于 1832 年就出现在了诗人的小说《画家诺尔顿》（*Maler Nolten*）中，而第一段最早出现于 1846 年，两段诗在 1848 年的诗集中才并合在了一起。胡戈·沃尔夫曾为这首诗歌谱曲。

② 在德语中，"派遣"（schicken）一词与"命运"（Schicksal）一词是同源的。诗人在此表明了自己的信仰：他的命运是牢牢掌控在上帝手中的，无论欢愉抑或哀愁，都是上帝所"遣"，他都将欣然接受。默里克虽不一定是位称职的牧师，但从他的作品来看，他至少是一名虔诚的信徒。

③ 诗歌第二段最早出现在小说《画家诺尔顿》中诺尔顿的新娘阿格涅斯的一段晨祷中。在小说中，这时的阿格涅斯已陷入了癫狂的状态，她确信命运不会将她拉入巨大的痛苦或快乐中。而在这一段中，诗人却为第一段中所描述的"全然交托"设了限制。诗人恳求上帝不要给予敏感的他过多的快乐或痛苦，古典的"中庸之道"才是他所希冀的。

④ 在沃尔夫的谱曲中，"在中庸之道里"这一句重复了两次。这首艺术歌曲具有典型的晚期浪漫主义风格，钢琴承担了表现旋律的主要任务，人声用接近宣叙调的方式"吟诵"出诗歌。

魔 杖[①]

约瑟夫·封·艾兴多夫

万物中皆有歌眠，
在歌里梦个不停。
若你巧遇神妙言[②]，
世界便跃起唱吟。

注释

① 这是德国浪漫派诗人艾兴多夫创作于 1835 年的一首仅四行的短诗，也是他最著名的作品之一。在海德堡著名的"哲学家小道"上，就有一座刻有这首短诗的艾兴多夫纪念碑，纪念诗人在这座大学城度过的岁月。诗歌采用四音步扬抑格，交叉韵（abab），奇数行使用阴性韵脚（轻音结尾），双数行使用阳性韵脚（重音结尾）。诗歌的标题"Wünschelrute"（魔杖）原指一种用于探测地下水源、石油或矿脉的工具，一般呈 Y 型分叉。根据这种源自中世纪的古老探测术，探测者两手抓住 Y 型工具分叉的两端，用第三端指向正前方，当有所发现时，魔杖就会颤抖或下沉。

② 原文为"Zauberwort"，是艾兴多夫的一个自造词。当神妙的"语言"与在眠睡于万物中的"音乐"相遇之际，正是这个世界开始"跃起唱吟"之时，"魔杖"就成为绝妙的隐喻：正如探测到水源、石油或矿脉时原本静止的魔杖会动起来一样，当遇到"神妙言"时，万物之"歌"也会从酣睡的静态变为唱咏的动态，这是从"言"至"歌"（诗）的转化过程。

巴赫赋格[①]

罗泽·奥斯兰德

巴赫赋格

飞入天空

回至我身边

飞入天空

数学

释解一个声部

我不知道

不愿知道

琴[②]上有几个人

以何种速度

我不去数

那数字

巴赫

我的血流

去往天穹

注释

① 本诗出自犹太裔德语女诗人奥斯兰德 1984 年的诗集《眼泪》（*Tränen*）。

② 诗人在这里运用了双关。原文中的"Flügel"一词在德语中意为"翅膀"，但也可以指大（三角）钢琴。因此在诗歌中，这里既可以指有几个人在弹奏这美好的音乐（除了传统的为一架钢琴创作的音乐之外，巴赫还写过双钢琴和三钢琴协奏曲），也可以暗指巴赫的音乐如同有翅膀的天使一般，将"我"带至天穹。

致音乐①

赖内·马利亚·里尔克

音乐：雕像的呼吸。或许：

图像的静默。你是语言中止时的

语言。你是时间，

垂直地站在逝去之心的方向。

对谁的情感？哦，你是情感的变化

化为什么？——：化为可听见的风景。

你这异乡人：音乐。你是我们长出的

心灵空间。是我们最深切之物，

那超越我们，推挤我们之物，——

神圣的告别：

因为内在之物围住我们

作为最纯熟的远方，作为

空气的另一边：

纯洁，

庞大，

不再可以被居住。

注释

① 这是里尔克作于 1918 年的一首关于音乐的诗歌，最早出现在慕尼黑汉娜·沃尔夫（Hanna Wolff）女士家庭音乐会的来宾题词纪念册上，与作于 1899 年的早期诗歌《音乐》（Musik）、作于 1926 年的晚期诗歌《锣》（Gong），当然还有晚年的两部杰作——《杜伊诺哀歌》和《致俄耳甫斯的十四行诗》一起，成为理解里尔克音乐观的重要资料。

锣[1]

赖内·马利亚·里尔克

不再为了双耳……：音，

它如同更深邃的耳，

谛听我们这些俨然若听者。

空间的倒错。在外的

内在世界草图……

世界诞生前的庙宇，

消融，满足于难以

消融的诸神……：锣！

自我辩护的

沉默者总和，

呼啸般回归自身

为己沉寂者，

持久，从过程中被挤压，

重新浇铸而成的星……：锣！

人们永远不会忘记

诞生在丧失中的你，

不再举行的典礼，

不可见的嘴里的美酒，

承重立柱中的风暴，

漫游者匆忙上路，

我们，对一切的，背叛……：锣！②

注释

① 这是里尔克在生命的最后一年(1926)作于瑞士慕佐的一首短诗,诗人的语言在此到达了前所未有的抽象度。诗歌的标题"Gong"(锣)是一种古老的金属制打击乐器,其名字源自爪哇语中的拟声词。

② 诗人描述了从"乐"到"音"再到"锣"的蜕变过程:摇摆于此时与彼时、束缚与自由之间的"音"首先摆脱了依靠感官经验的"乐",又经过第二段中神秘的聚集、挤压、浇铸过程,最后全然释放为最后一段中的各种超验图像,成为对经验世界的一种"背叛"与拒绝,于是这"Gong"的一声,也最终成为蜕变后欢腾的赞美。

观 者[①]

赖内·马利亚·里尔克

我以树的方式观察风暴，
从变得温暖柔和的时光
击打着我胆怯惊恐的窗，
听闻远方正谈说若干物象——
我没有朋友，就无法忍耐，
没有姐妹，就无法去爱。

此刻这般风暴，这个革命家
穿过森林，越过时间，
一切如同没了年岁：
风景，如同圣诗里的诗篇
是严肃、力量，是永远。

我们格斗的依凭，如此藐小，
与我们格斗者，如此庞大；
容我们，宛若物
任由强劲的暴风征服，——
变得广袤又无名。

我们所战胜的，是小物，

成功本身使我们变得卑屑。

而那永恒及非凡的

不愿向我们屈首。

正是天使，出现

在《旧约》的斗士面前；②

当他对手的肌腱

在搏斗中如金属般伸延，

他感到在自己指间

肌腱如奏哀乐的琴弦。

凡被天使挫伤

常常放弃斗争，

他从那只严酷的手中走出：

正直、激奋、茁壮，

那只手，如造他时那样捏着他。③

已不被胜利所诱。

他的成长是：深切的折服

被愈来愈大之物。

注释

① 本诗选自里尔克早年的诗集《图像集》(*Das Buch der Bilder*)，描述了一个在观察和聆听中获得宗教启示的冥想者。

② 里尔克在这一段和下一段中，使用了《创世记》第 32 章第 24—32 节中雅各与天使角力的典故。雅各离开妻子儿女和使女，独自一人渡河，为自己将要面临的危险而焦虑不已。这时，"有一个人来和他摔跤，直到黎明。那人见自己胜不过他，就在他的大腿窝摸了一把，雅各的大腿窝，正在摔跤的时候就扭了。那人说：'天黎明了，容我去吧！'雅各说：'你不给我祝福，我就不容你去。'那人说：'你名叫什么？'他说：'我名叫雅各。'那人说：'你的名字不要再叫雅各，要叫以色列，因为你与神与人较力，都得了胜。'雅各问他说：'请将你的名告诉我。'那人说：'何必问我的名？'于是在那里给雅各祝福。雅各便给那地方起名叫毗努伊勒（就是'神之面'的意思），意思是：'我面对面见了神，我的性命仍得保全。'"诗人借助这个圣经典故，说明在人神的角力中，人"格斗的依凭"是力气、才能、智力等，但这些其实都是"藐小"的。为什么天使没有直接战胜雅各，却要在看似力不从心时以近乎作弊的方式摸雅各的大腿窝？因为天使所凭借的并非力气、才能、智力，如果只不过在这些能力上胜出，那雅各满可以更加精进自己的能力，期待在下一次角力中胜出。但天使在雅各最私密处那奥妙的一摸，就让人在无法抵抗的征服中瞬间了解了对手的"庞大"与"广袤"，知道了人能凭借个

人能力所战胜的，都不过只是"小物"，而且"成功本身使我们变得卑屑"，而超越了确定之名的神之奥秘，才能最终让人成长，在崇敬与折服中，才能像《创世记》中的雅各一般，不求胜利，只求祝福。

③ 在伦勃朗的油画《雅各与天使角力》中，天使位于画作的上方，显然绝对地胜过了雅各，其动作与其说在与雅各搏斗，不如说是在拥抱雅各，画家与其说是在表现暴力，不如说是在歌颂爱。同样，在里尔克的诗歌中，天使让雅各经历挫伤与放弃，其实是在塑造他。这首诗歌中所描述的"放弃"中的"成长"，与晚年里尔克对"音乐"理解的改变有不少共通之处——从赞美"歌唱"之"乐"到颂扬"沉默"之"音"。

卡斯帕·豪泽尔之歌[①]

格奥尔格·特拉克尔

他实在[②]热爱，那落下山岗的紫红色太阳，
森林的幽径，鸣叫的黑鸟[③]
以及万绿的欢愉。

庄严是他在树荫里的栖居
纯洁是他的容颜。
上帝对他的心道出一束温柔的火苗：
哦，人啊![④]

静静地，他的脚步在傍晚抵达城市；[⑤]
他的嘴里暗淡的悲叹：
我要成为一名骑士。[⑥]

然而灌木与动物跟随他，[⑦]
苍白人类[⑧]的房屋与黄昏的花园
以及他的谋杀者寻找他。

春日，夏日以及公义者那
美好的秋日，他轻轻的脚步

沿着梦者幽暗的房间。
夜里,他与他的星独在;⑨

看见,雪落在光秃的枝桠,
和昏暗过道上谋杀者的影子。

银色地垂坠下未生者的头颅。⑩

注释

① 这首诗歌收录在 1915 年出版的特拉克尔诗集《梦中的塞巴斯蒂安》(*Sebastian im Traum*)。特拉克尔对这首诗倾注了很多精力，前后多次修改。虽然特拉克尔在 1914 年 3 月就完成了这一稿，但由于他于 1914 年 11 月 3 日在波兰的克拉科夫因过度注射可卡因而去世，所以他并未等到这首诗的出版。除了特拉克尔之外，许多文学家都对豪泽尔这位历史上著名的野孩子表现出兴趣，法国诗人保罗·魏尔伦(Paul Verlaine)在 1873 年就创作过法语诗歌《卡斯帕·豪泽尔之歌》(La Chanson de Gaspard Hauser)，德国诗人斯蒂凡·格奥尔格(Stefan Georg)又将其翻译为德语诗歌《卡斯帕·豪泽尔歌唱》(Kaspar Hauser singt)。

② 一开篇，诗人就为豪泽尔披上了超凡的神秘面纱：他所选用的"wahrlich"(实在)一词是个典型的圣经词汇，在《新约》中多次出现在耶稣对人们的劝诫里。路德本《圣经》中译为"Wahrlich, wahrlich, ich sage euch"，和合本《圣经》中译为"我实实在在地告诉你们"。

③ 颜色大师特拉克尔在这个看似和谐的场景中加入了一只"黑鸟"，如同一个阴暗的使者一般预告着早已潜伏在暗处的宿命。

④ 这两行诗让人联想到《创世记》中上帝造人的情景：《创世记》第 1 章中，上帝凭借"话语"照着自己的形象造人，第 2 章中又将"生气"吹在亚当的鼻孔里，于是亚当就成了有灵的活人。这一口气，

一般也被认为就是基督教中的"圣灵",因为它正如同从上帝口中喷出的火苗一般将人的灵魂点燃,使人真正得以成为有灵性的人,于是才有了那庆典式的一声欢呼:"哦,人啊!"

⑤ 这一行中,诗人很巧妙地连用三个以发音"sch"开头的词语:still、Schritt、Stadt。读起来似乎就可以听到豪泽尔在一个宁静的夜晚抵达城市的轻柔脚步声。

⑥ 根据历史记载,这个在1828年5月26日突然出现在德国纽伦堡广场上的神秘孩子,虽然沉默寡言,看上去似乎智力低下,但从一开始就莫名其妙地再三重复:"我要成为一名骑士,就像我父亲那样。"于是就出现了各种围绕其身世之谜的猜测。

⑦ 在这里,我们也隐约能够看到俄耳甫斯的影子。在古希腊神话中,俄耳甫斯能够用他的琴声感动动物、植物,让它们都对他俯首帖耳。

⑧ 原文为"weiße Menschen",直译的意思是"白色的人类",但此处"白色"应该不指代人的肤色,而更指心灵的苍白、无情。

⑨ 诗人在第五、第六段之间使用了一个分号,让读者跟随文字描述的镜头,毫无喘息地越来越逼近故事的高潮——冬日的突然来临,死亡的逐渐蔓延。

⑩ 整首诗歌的重量全都落在了单行成段的最后一句上。诗人使用了两对头韵——"silbern"与"sank","Haupt"与"hin"。特拉克尔在之前的版本中使用了"红色"一词,虽然"红色"更能让人联想到谋杀的场景,但诗人最后改用了"银色"。"银色"经常出现在特拉克尔的诗歌中——这是一种介于乌托邦式的纯白与惨淡现实的灰黑

之间的颜色，它带着奇异的光芒，没有金色那么闪耀，却更加内敛、温润。最后一行诗让人联想起《约翰福音》中记录的耶稣之死，暗示着对生死界限的超越。

研究文论

"被光照的数学题"

——歌德评价中的约翰·塞巴斯蒂安·巴赫

迪特·博希迈尔

在世界文学历史中，论及作家对音乐产生的影响力，几乎无人能与歌德相提并论。"艺术歌曲"这一特定的音乐类型，如今在德国之外越来越成为德国文化的象征，如果没有歌德，这种音乐类型就永远不会达到此般的形式与高度。两百多年来，他的诗歌成为世界文学中或许被谱曲最多的文本。

歌德在音乐史上的丰富性远远超出了同时代音乐领域专家的知识范畴。有多方证据表明歌德对音乐表现出巨大的好奇心，他也乐意批判性地聆听各种不同的音乐。他甚至研究收藏总谱，例如巴赫的《十二平均律钢琴曲》(*Das Wohltemperierte Klavier*)，因为它对于歌德所关注的音乐创作问题——作品的情绪是自然的还是节制的——尤为关键。歌德遗稿中留下的唯一一份乐谱手稿《圆号的自然音色》(Naturtöne des Waldhorns)也反映了歌德对该问题的关注。他还收藏名人手稿，例如莫扎特的和贝多芬的，并曾在十二岁的菲利克斯·门德尔松面前展示过这些手稿，后者立刻在钢琴上弹奏出来，令歌德心醉神迷。

为得到《魔笛》(*Die Zauberflöte*)的原稿,歌德徒劳地努力了多年。无论从理论上还是实践上,他都对这部歌剧表现出强烈的兴趣。他的许多小歌剧与歌剧草稿都证明了这一点,这些作品占据了歌德全部戏剧作品的约三分之一。此外,莫扎特在歌德制订的魏玛歌剧演出计划中也占据了核心地位。这都是在最近的研究中才经由丰富的史料被证实的,也恰好与长久以来的偏见——歌德是位远离音乐的作家——形成了对立。

19世纪初,位于弗劳恩普朗的歌德居所成了各地音乐家与乐界学者们的朝圣之地。通过与他们的相识和谈话,歌德了解了当时音乐界所有重要的现象与理论,他自己也越来越介入其中。例如在与采尔特的书信中,他就参与了关于大调和小调的争论;又例如他建立起与颜色理论相对应的"声音理论"。

歌德的音乐观在一定程度上运行在两条传统轨道上:一条是可以追溯到中世纪的天体音乐观,另一条则通过作为其"声音理论"基础的情感美学(Gefühlsästhetik)与情感理论(Affektenlehre),与古希腊的净化观(Katharsis-Vorstellung)相连。这两种观念也决定了《浮士德》第一和第三场的序幕。在"献词"中,歌德将伊娴琴丝上"凄惋的歌儿"产生的效果与音乐的共鸣进行了比较:"一阵颤栗抓住我,眼泪接眼泪:硬心肠化作一团温软的模糊。"[1]

这首"献词"中所体现的净化观念传统,在"天上序曲"中则暂时

---

[1]出自歌德《浮士德》中的"献词",此处使用梁宗岱译本。参见《梁宗岱译集》III,上海:华东师范大学出版社,2016年,第2页。——译注

让位给了上述的第二条传统轨道。"天上序曲"中最初的几句诗行就引入了天体音乐中"世界音乐"（musica mundana）的概念："曜灵循古道，步武挟雷霆。"[1]这一观念尤其影响了歌德对约翰·塞巴斯蒂安·巴赫的态度，而巴赫在歌德晚年的音乐世界中则扮演着尤为重要的角色。

根据戏剧演员爱德华·盖纳斯特（Eduard Genast）1814年的记载，歌德曾将巴赫的赋格比作"被光照的数学题"，"其主题如此简单，但却可以引出如此伟大又充满诗意的结果"。鉴于歌德对数学与数学家所持的怀疑态度，这一评价是惊人的。如果说他确实认为"由数学赋予精神的文化是彻底单一且有限的文化"（1811年2月28日致采尔特的信），那么他也必然会防止自然科学的普遍数学化。他认为，数学正如同修辞学一样，"唯有形式对其才有价值，内容则是无关紧要的。无论是用数学计算芬尼或坚尼，还是用修辞学为真理或谬误辩护，都是完全一样的"，歌德在《格言和感想集》（*Maximen und Reflexionen*）中如是说。毕达哥拉斯学派和柏拉图学派的数秘术认为"在数字中隐藏着一切的秘密，甚至是宗教"，而歌德对此则根本不感兴趣，他在1826年6月18日与总务长缪勒的一次谈话中说："必须在完全不同的其他地方寻找上帝。"

鉴于歌德如此厌恶数学的绝对化，他对巴赫赋格的评价就显得非常奇怪。歌德将巴赫的赋格类比成数学题并非为了贬低巴赫的赋格。

---

[1] 出自歌德《浮士德》中的"天上序曲"，此处使用梁宗岱译本。参见《梁宗岱译集》III，上海：华东师范大学出版社，2016年，第18页。——译注

无疑,他用了"被光照的"一词,意味着庆典式的照明与启明,也就是说,虽然这些赋格作品呈现出数学般的抽象的简单,却突然融合并产生了与数学相抵触的东西:诗意。

在歌德的时代,巴赫不过是个只在专家中才被知晓的名字,他的康塔塔与受难曲甚至下落不明,他的管风琴作品从技巧上来说根本无法被演奏。歌德却在那个时代就属于巴赫音乐的崇敬者,甚至可以说是熟知者,尤其是对巴赫的管风琴作品和《十二平均律钢琴曲》。歌德是通过海因里希·弗里德里希·舒茨(Heinrich Friedrich Schütz)了解到这些作品的。舒茨是距魏玛不远的温泉疗养胜地——伊尔姆河畔的贝尔卡市市长、温泉监察官及女子学校校长。舒茨可以说是巴赫的徒孙——他曾师从管风琴师约翰·克里斯蒂安·基特尔(Johann Christian Kittel),而后者是巴赫最后一位有名望的弟子。舒茨也从老师那里继承了一些巴赫的手稿。从 1814 年开始直至歌德去世,舒茨曾无数次在钢琴上为歌德弹奏巴赫的管风琴及羽管键琴作品,常常一弹就是几个小时,而且常常将同一首作品反复弹奏多次。

歌德对巴赫的痴迷也让前来拜访他的朋友们惊讶不已。据里默尔 1814 年的记载,有一次,歌德要求一遍接一遍地连听三次巴赫的《送别挚爱兄弟随想曲》(*Capriccio sopra la lontananza del suo fratello dilettissimo*),导致弗里德里希·奥古斯特·沃尔夫(Friedrich August Wolf)[1]终于"咒骂着"逃离了歌德的住所。歌德购入了巴赫的《十

---

[1]弗里德里希·奥古斯特·沃尔夫是古典学学者、荷马专家。他与歌德、席勒以及威廉·封·洪堡等人都关系密切。——译注

二平均律钢琴曲》及其他作品的总谱,这样贝尔卡的"温泉国王"——他是这么称舒茨的——就不用来回托运乐谱了。

根据采尔特的描述,当歌德与舒茨单独在一起时,他会躺在床上(可能在他的音乐室里有这么一张床),"他以这种方式表示,在聆听时不必让人注意到巴赫的音乐,因为这种音乐是为其自身所演奏的:这个奇特的男人认为,其他的音乐喜欢将听众设为前提,它们出现在听众面前不过为了博取别人的谄媚和屈膝"。这则轶事性描述究竟出自何处? 在笔者与安德烈亚什·邦巴(Andreas Bomba)[1]的一次对谈中我们猜测,这可能是歌德从采尔特那里得知巴赫创作《哥德堡变奏曲》(Goldberg-Variationen)动机后的反应。

约翰·福克尔(Johann Nikolaus Forkel)[2]1802年创作的《约翰·塞巴斯蒂安·巴赫的生活、艺术与作品》(*Über Johann Sebastian Bachs Leben*, *Kunst und Kunstwerke*)一书记载的相关轶事,可能源于巴赫最年长的两个儿子提供的信息。根据福克尔的记载,巴赫的咏叹调经历了多次的修改,是为了到访德累斯顿宫廷的俄罗斯使节赫尔曼·卡尔·封·凯泽林克(Hermann Carl von Keyserlingk)伯爵所专门创作的。据说,巴赫的学生约翰·戈特里伯·哥德堡(Johann

---

[1] 安德烈亚什·邦巴是德国著名媒体人,也是一名作家和音乐评论家。他曾于2000年出版《约翰·塞巴斯蒂安·巴赫作品全集》一书,系统分析巴赫的全部作品。他也是2006年安斯巴赫的巴赫音乐周的音乐总监。——译注

[2] 约翰·福克尔是德国管风琴师、音乐学家。他非常迷恋巴赫的作品,将巴赫视为音乐的典范。他于1802年撰写了第一本巴赫传记,其中很多信息都是通过与巴赫的两个儿子C.P.E.巴赫、W.F.巴赫的通信而获得的。这本书不仅是第一本关于巴赫的著作,也是德国历史上第一本音乐史著作。——译注

Gottlieb Goldberg）当时受雇于伯爵，为其弹奏羽管键琴："伯爵曾对巴赫表示过，他希望哥德堡能弹奏一些温柔愉悦的键盘作品，让他在失眠的夜里快乐起来。"也就是说，哥德堡应在夜间于伯爵的前厅为其弹奏羽管键琴，但是否如谣言所传需要通过音乐催其睡眠，那就不得而知了。无论如何，歌德可能听闻了这则轶事，在思想上融入了那位躺在床上聆听巴赫音乐的伯爵角色中。

被光照的数学题——不是为了听众，而是为自身而演奏的音乐——就这样，歌德坚决地将巴赫与感伤的时代精神及主观主义，如现代艺术中的有效性区分了开来。对他而言，巴赫的音乐是如同自然现象般的客观事件。在采尔特致歌德的信中详细报道了门德尔松首演《马太受难曲》（Matthäus-Passion）全剧后，歌德在1829年3月28日的回信中写道："我好似听见从远处传来大海的咆哮声。"

奇怪的是，歌德关于巴赫最重要的两次论述都弥漫着神秘色彩。1818年圣诞，他在送给舒茨的一本巴赫合唱曲曲谱中写入了一首诗。该诗直到1925年才出现在某种非严肃出版的抄本中，而且该出版物并未包括舒茨的合唱曲曲谱，这首诗长久以来都被当作伪作，直至近日才被推翻。卡塔琳娜·莫姆森（Katharina Mommsen）[1]一直坚决主张该诗乃歌德原作，虽然除了其特有的质地和风格之外并无其他论据能证明其真实性，但后来卡尔·里希特（Karl Richter）[2]作为主编

---

[1] 卡塔琳娜·莫姆森是一名德国文学研究学者。她与她的丈夫莫门·莫姆森都是歌德专家，一同出版了诸多歌德专著。——译注

[2] 卡尔·里希特是一名德国文学研究学者，也是歌德专家。他主编了于1999年完成的20卷慕尼黑版《歌德全集》。2001年，他获得魏玛歌德协会的金色歌德勋章。——译注

就将这首诗收入到慕尼黑版的《歌德全集》(*Sämtliche Werke*)中,归于第 11 卷 1.1(1998 年)"可能出自歌德"的类别中。这首诗拥有那种不易混淆的歌德式基调,让人很难相信这会是一首伪作。

这四段诗不仅表达了对"大师"巴赫的崇拜,同时也向其"弟子"舒茨的演奏致敬。这些诗行叙述了聆听并感受这种音乐,即歌德所坚信的为自身而演奏的音乐的过程。但正是通过这种方式,音乐才将演绎者和听众那些"被打开的意义""精神化"(歌德在最后一行中大胆运用了这个自造词)了,这种音乐也并不博取听众的"谄媚与屈膝",因为它不归于人类范畴,而属于"纯粹精神"的领域。

> 让我聆听,让我感知,
> 声音对心灵的诉说;
> 生命中的冷漠时日
> 如今给予温暖,光亮。
>
> 意义永远能被接受,
> 当崭新的伟大呈现,
> 其固有的,永恒不朽,
> 不惧怕挑剔的损贬,
>
> 生机勃勃地从深处
> 汇聚成灵魂的合唱,
> 随性独立地为我们

铸就成了一个世界。

弟子来到大师面前，

就成为可赞的裨益，

因纯粹精神的临近

精神化了被打开的意义。

巴赫的音乐是真正意义上的绝对的音乐，它不涉及现存的世界，而"独立"建立起一个自己的世界。这使我们想起歌德对狄德罗作品《拉莫的侄儿》（*Rameaus Neffe*，1805）中"音乐"的评语。歌德将声音艺术作为一种"独立的艺术"，并和那些"涉及理解、感觉、热情"的艺术区别开来。恰恰正是德国人将"器乐音乐"发展成为"一种特别的、为自身而存在的艺术"，并避开了传统的情感理论，以"几乎再也没有涉及情感力量"的方式来从事音乐活动，因为音乐在一种或许适合德国人的深刻的和谐处理中，达到了另一种对所有民族都具典范效应的伟大高度。

对于歌德来说，巴赫几乎就是这种"独立"音乐之父，这种音乐中包含着存在于现存世界之先的世界的概念，这几乎可以让我们想到叔本华。由此可以过渡到歌德关于巴赫的另一次伟大论述，它紧接着1827年6月21日致采尔特的信函，但不知出于何种顾虑并未寄出。但歌德仍然计划将这封信编入身后出版的与采尔特的通信集中（"并未寄出，但却在此揭开"），里默尔也根据歌德的这一嘱咐将此信加入了他的版本中。但慕尼黑版《歌德全集》的编辑在编选歌德和采尔特

の通信集时就没有收录这封未寄出的信,甚至在注释部分都将其隐藏

的通信集时就没有收录这封未寄出的信,甚至在注释部分都将其隐藏起来,即使借助索引都无法找到。

在这封从未寄出的信中,歌德再次提到了他通过舒茨学习巴赫的功课,并为"大师"的"概念"而感谢舒茨。"我想这么说:仿佛永恒的和谐在与自己对谈,好似就在上帝的胸膛里,就发生在创世前不久;它也在我的内里波动,我仿佛不再拥有耳朵,至少已不再拥有眼睛和其他任何感官,我甚至也不再需要耳朵了。"对于歌德这位首先用眼睛和感官来感知世界的人来说,这一评论实在是太不寻常了。巴赫的音乐如此"精神化"了他的感觉,以至于他已不再需要感官。在这段对巴赫的溢美之词后,紧接着又出现了一段声音艺术史的概论,从声音艺术的前感官-形而上状态到它在自然歌谣与舞蹈中摆脱感官的过程,从单声部到多声部的发展,一直到与新柏拉图主义理念相符的追求——"将展开的整体重新带回其神性的本源",正如《浮士德》第二部"高山深谷"一段中极具象征性的想象。

自己与自己交谈的"永恒的和谐"——歌德关于巴赫的这一观点可以回溯到三位一体神学观。集三个位格于一体的上帝处在永恒的、内在的爱之对话中,因此他既不会觉得寂寞,也不必依赖于人类:绝对的上帝成为巴赫的绝对音乐之理念,也就是"为自身演奏"的音乐。汉斯·格奥格·伽达默尔(Hans Georg Gadamer)在其论文《巴赫与魏玛》(Bach und Weimar, 1946)中甚至将歌德对巴赫音乐的观点与黑格尔的逻辑观统一起来,黑格尔在《世界历史哲学》(*Philosophie der Weltgeschichte*)中的确将逻辑称为"上帝在完成创世前在其自身中的永恒生命"。

这一神秘的思想——巴赫的音乐——代表了"创世"前神内在的状态,指向了歌德送给舒茨的那首诗以及在诗中展开的观点:巴赫的音乐"铸就成了一个世界"。伽达默尔把歌德关于巴赫的评论称为一道"光的闪电",正是凭借这道闪电,"德国古典主义的魏玛回应了约翰·塞巴斯蒂安·巴赫的魏玛",那个在歌德时代几乎快被遗忘的魏玛。歌德的评价也一直让音乐理论家深表敬佩,直到1955年神学家、音乐理论家弗里德里希·斯门德(Friedrich Smend)[1]将"歌德与巴赫之间的关系"彻底祛魅。斯门德主张,歌德缺少对巴赫音乐的个人体验,受困于浪漫主义音乐的形而上学中,他的观点中掺杂了采尔特关于"大师"的说教,其实是一种借来的观点,而且还混合进了歌德自己的世界观[尤其是《西东合集》(West-Östlicher Divan)当中的]。

但诸多歌德专家与音乐学者均一致反对这种理解。他们认为斯门德对歌德书信中的这段深不可测的话语缺乏感知力,歌德的评价早已超越了采尔特的巴赫定式,而可以关联到18、19世纪之交时与天体音乐观的重新接轨,瓦尔特·维奥拉(Walter Wiora)[2]正是如此评价的。从那时起,关于歌德对巴赫评价的争论就沉寂下来,斯门德那轻蔑的攻击根本就站不住脚,因为这封从未寄给采尔特的信与题献给舒茨的诗之间本就存在亲缘关系。

歌德的那封信从多大程度上决定了19世纪的巴赫形象,从瓦格

---

[1]弗里德里希·斯门德是一名德国新教神学家,也是巴赫专家。他于1955年出版专著《歌德与巴赫的关系》(Goethes Verhältnis zu Bach)。——译注
[2]瓦尔特·维奥拉是德国音乐学家、音乐史学家,主要研究德国艺术歌曲。其主要作品是《音乐的四个世界时代》(Die vier Weltalter der Musik)。——译注

纳后来的评论可见一斑,他的妻子科西玛将这些评论记在了她的日记里。我们暂不讨论这些评论从多大程度上直接源自歌德致采尔特的信。在音乐"创作史"上,"老巴赫几乎如同与太阳分离之前的整个行星系"(1869年7月6日)。"巴赫的音乐肯定是世界的一种理念":这是叔本华对音乐的形而上定义。瓦格纳谈论起这一定义时,并未对其"毫无情感的修饰"给予贬义的评价。谁不会在此想到歌德所说的"被光照的数学题"呢?管风琴是这种音乐特别的媒介,因为它"如同世界的灵魂般不带情感,却同时如此强大"(1871年2月12日)。瓦格纳认为《十二平均律钢琴曲》中的升C小调前奏曲是"在人类被创造前的自然"(1878年3月7日),而他这样整体评价巴赫的赋格:"就如同根据永恒规律运动的世界建筑,不带有情感"(1878年6月9日)。

在瓦格纳人生的最后几年,巴赫成为了"全然的音乐家"(1879年11月18日),显然对歌德来说也是这样。尤其是对瓦格纳来说如此不可或缺的《十二平均律钢琴曲》,时常成为他在拜罗伊特的瓦恩弗里特寓所中每晚的演奏曲目,他深受感动地称其为"音乐本身"(1878年12月15日)。这是如此奇特:歌德与瓦格纳,以今天的视角来看,这两人呈现出如此多的对立面,但在他们的晚年却给了那位作曲家几乎完全一致的评价。正因那位作曲家面对艺术的不断主观化显得如此不合时宜,他才成为歌德与瓦格纳眼中最伟大的作曲家:他就是约翰·塞巴斯蒂安·巴赫。

克洛卜施托克——音乐诗人

迪特·博希迈尔

1767 年 10 月底，克洛卜施托克在采齐莉·安布罗修斯（Cäcilie Ambrosius）[1]面前自称为"热恋中的音乐爱好者"。这一表述具有典型的克洛卜施托克风格：同义的反复，围绕着自身旋转。这可以说是极具音乐性的表达。事实上，他的同时代人不断将克洛卜施托克评价为一个特别具有音乐性的诗人，他非常注重语言在音响和振动中的变化。当然，称他为"纯粹诗性"（poésie pure）意义上的文字音乐家有失偏颇。甚至克莱门斯·布伦塔诺的浪漫主义语言音乐也与之相距甚远，而尼采则称布伦塔诺在所有德国诗人中最绝对并彻底地拥有音乐性。但这又是怎样一种音乐啊！在布伦塔诺那里，由文字而来的声音从某种程度上来说承载着自身，又从自身唤起意义价值。若文字的声音不存在，则其意义价值亦不存在，语义的范畴已摆脱了概念的介入。例如，"当跛脚的织工梦见，他在编织，病恹的云雀也梦见，她在翱翔"[2]——这

---

[1] 采齐莉·安布罗修斯是德国女作家、翻译家。克洛卜施托克在哥本哈根时曾与她通信，这些信件都是研究克洛卜施托克的重要资料。——译注

[2] 德文原诗为五音步扬抑格，押尾韵，且每行都在四音步后有一个停顿，念诵起来如同行云流水般飘逸。

似乎意味着什么,又没有意义,而迷失在晦暗的多意中。若诗人不是从一开始就被声音所吸引,或许根本不会写这诗句。但克洛卜施托克不会这样。他的"音乐"总是*有意义的*,即使在他的颂歌体中存在韵文和句法上的各种晦暗,我们却还总是能知道他想表达什么。因为他的诗永远同时是一种*福音*,他的诗想要宣告,而宣告总应被理解。对于他来说,晦暗的可以是韵文与句法,而不能是语义。"他想歌唱的是弥赛亚,而不是文字的音乐。"格哈特·凯瑟(Gehard Kaiser)[1]的评价言简意赅。那么,他诗歌的音乐性究竟在何处呢?

最贴切的解释出自席勒的论文《论素朴的诗与感伤的诗》(*Über naive und sentimentalische Dichtung*)。奇怪的是,这个解释出现在书中的一处脚注中,但它所产生的影响甚至超过了正文中的某些章节。理查德·瓦格纳反复强调,席勒的这处脚注道出了在叔本华之前的音乐美学中最重要的内容。[2]在论述哀歌体诗歌时,席勒区分了"音乐性之诗"与"造型艺术之诗"。克洛卜施托克对他来说正是"音乐性诗人"中的第一人。"在活泼形式的界限之外,在个人主义的范畴之外,在理想主义的领域所取得的,正是这位音乐性诗人的贡献。"也就是说,克洛卜施托克的专属领域,不是活泼形式,不是个人主义,而是理想主义。

席勒就在这里附加了被瓦格纳盛赞的脚注:他谈到了"诗与音乐

---

[1] 格哈特·凯瑟是一名日耳曼语言文学家,曾在弗莱堡大学任教。此处引自他 1975 年出版的基于教授资格论文的专著《克洛卜施托克:宗教与诗》(*Klopstock: Religion und Dichtung*)。——译注

[2] 参见瓦格纳 1859 年 3 月 2 日致马蒂尔德·魏森东克的信。

艺术、诗与造型艺术之间的双重亲缘性",并解释道:"要么就是诗歌像造型艺术那样模仿某一种*对象*,要么就是诗歌像声音艺术那样创造某种*内心状态*,且并不需要某一特定的对象。根据以上这两种情况,诗歌可以被分为两类:造型性的(雕塑性的)或音乐性的。"[1]在这一点上克洛卜施托克应该会彻底赞同席勒。模仿某种对象,即传统的模仿理论并非他之所好。[2]他的灵感源泉应该不是"被自然产生的自然"(natura naturata),而是"产生自然的自然"(natura naturans)。"美啊,大自然母亲,你造物的壮丽,/散落在田野"(这是"被自然产生的自然"),但是紧接着还有"更美的是愉悦的脸庞/当再一次想到/你创世的伟大计划。"《苏黎世湖》(Der Zürchersee)这首颂歌就是这样开始的。美丽的脸庞,诗意的天赋,都不再渴求与散落在各种表象中的大自然造物争奇斗艳,而是渴望与其创造力、与创世的原初本然、与那"要有光!"竞赛。依照席勒的观点,只有音乐不需要模仿某一对象就能生长起来。音乐能真正摆脱"被自然产生的自然",如同"产生自然的自然"那样单单以创世的原初力进行创作,产生不必与对象世界的维度相提并论的形式。相反,造型艺术却永远无法彻底离开对特定对象的模仿,即对"被自然产生的自然"的描摹——而那时距离现代无对象的抽象绘画视角被打开还有超过一个半世纪的时间。瓦格纳之所以那么喜欢席勒的这段脚注,一定因为这其中再次投射

---

[1] 弗里德里希·席勒:《全集》第5卷,第5版,慕尼黑,1962年,第734—735页。

[2] 关于克洛卜施托克对模仿理论的批判,参见凯特琳·科尔:《弗里德里希·戈特利普·克洛卜施托克》(*Friedrich Gottlieb Klopstock*),斯图加特、魏玛,2000年,第57—59页。

出叔本华的音乐美学。叔本华认为,音乐并非将世界作为表象,而是作为意志,并非作为现象世界,而是作为其"自在"(An-sich)来进行描述。他宣称"即使世界完全不存在了",音乐依旧可以存在,因为它"完全不依赖于"其现象并对其全然"无视"。(《作为意志与表象的世界》I,§ 52)

倘若克洛卜施托克读到了席勒的这段脚注,也一定会与后来的瓦格纳一样欣赏它。这么说不是因为这段脚注表示音乐性之诗*模仿*"某种内心状态"(如同雕塑模仿某种"特定的对象"),它其实更强调音乐性之诗"与声音艺术一样"可以"创造"那种内心状态,也就是后来象征派所说的"心灵的状态"(état d'âme)。创造,而不是模仿! 模仿理论的优势由此被打破,而这种理论可以追溯到亚里士多德,在启蒙时期诗学和 18 世纪音乐理论中也占主导地位。音乐与遵循其范例的诗歌就是"创造内心的艺术"(Gemütserregungskunst),诺瓦利斯的这一表述在此几乎完全适用。而克洛卜施托克的诗尤其如此。它的独一无二之处常常被描绘为:具有运动感的文体表现[1],数不胜数的现在分词("泛着微光的湖"、"泛红的光线"——重要的不再是"红"这个颜色,况且克洛卜施托克更像个黑白素描画家而非油画家,重要的是变红的过程:泛红;还有"盛开着的胸脯"、"引诱着的银色之音"、"怦怦跳着的心",而这不过是《苏黎世湖》颂歌中的几个例

---

[1] 以下参见艾米尔·施泰格的经典阐释:《克洛卜施托克:〈苏黎世湖〉》,载艾米尔·施泰格:《阐释的艺术》,苏黎世,1955 年,第 50—74 页。艾米尔·施泰格是苏黎世大学著名日耳曼语言文学教授,他提倡关注文本本身,而不是文本外的因素,例如思想史、心理分析或社会背景分析等。

子），还有著名的绝对比较级（"更有灵气的欢呼"、"更温柔的心"：比
什么更有灵气？又比什么更温柔？其实恰恰是没有更有灵气、更温柔
的了！——一个无法比较的比较级），甚至还有现在分词与绝对比较
级的结合（"更加感知着的"、"更加震动着的"），通过后缀"-ung"使名
词更具动感，将"已经存在的"化为"形成过程中的"，将结果变化返回
到过程中［例如用"决断中"（Entschließung）代替"决断"（Entschluß），
用"狂喜中"（Entzückung）代替"狂喜"（Entzücken），用"被阴影围裹
中"代替"阴影"，这些例子也都出自《苏黎世湖》］，这些都是对"瞬间
性"的风格化表达。它们没有固执于图像式的静态，而被化为动态、
跃动、活力、内心的高涨，还有克洛卜施托克所使用的无数感叹号，都
以图像的方式直接表现出他的诗歌对永恒的渴求。可以说，这是存在
于恒定呼格中的诗歌。

　　克洛卜施托克的诗是真正能以音乐的方式"创造"内心状态的艺
术，那是一种被全然侵袭的状态，即表现音乐性时，内容也被呈现，正
如下文还将引用的颂歌《合唱曲》（Die Chöre）。尤为独特的是，这种
文体风格在颂歌《新娘》（Die Brault）中集中出现，音乐或舞蹈本身成
为对象，绝对比较级如同舞蹈中的旋转舞姿那般围绕着自身回旋
不止：

　　　　当更快的音乐在众人间

　　　　更迅猛地流淌，舞者的翅膀，

　　　　那个更狂野的女孩

　　　　更热烈地呼啸而过……

克洛卜施托克的诗本身就是"呼啸而过"的。在他之前,很少有诗人能够同时在语言的活力和内容上如此明确地重视运动进程感与稍纵即逝感。正是在这一意义上,他是音乐诗人(Poeta musicus),而他的音乐是绝对稍纵即逝的艺术,是"过程的艺术",而瓦格纳在1859年10月29日给马蒂尔德·魏森东克(Mathilde Wesendonck)[1]的一封信中正是这样评价自己的音乐的。康德在《判断力批判》(*Kritik der Urteilskraft*)中则充满鄙夷地评价说,与造型艺术不同,声音艺术属于不可*留存*的、仅仅"稍纵即逝的印象",尽管音乐作为"情感的语言"能更强烈地影响内心。克洛卜施托克也是这样认为的,但他却完全颠倒了康德的评价。在一首诗中,他让雕塑艺术自己指出,诗歌艺术正因为拥有与音乐亲缘的暂时性才超越了各种视觉艺术:"我们静止:而你翻腾、飘浮、飞翔/随着那不知何为踌躇的时间向前。"[《雕塑、绘画与诗艺》(Die Bildhauerkunst, die Malerei und die Dichtkunst)]

《语言》(Die Sprache)这首颂歌同样赞颂了语言相较于绘画及雕塑艺术的优越性,因为语言是一种渐进的、可以持续产生影响的艺术,而绘画及雕塑艺术只能表现同时捕捉到的、静止了时间的瞬间:

---

[1] 马蒂尔德·魏森东克是一名德国女作家,商人奥托·魏森东克的妻子。1852年,魏森东克夫妇在苏黎世结识瓦格纳并缔结友谊。在瓦格纳债台高筑的那段时期,奥托给予瓦格纳许多资助,甚至让瓦格纳与他的妻子米娜一同寄居在他们在苏黎世的别墅里。在寄居期间,瓦格纳与马蒂尔德之间产生了深厚的精神联结,马蒂尔德成为瓦格纳的缪斯女神。1857年和1858年,瓦格纳为她的五首诗谱曲,即后来著名的歌曲集《魏森东克之歌》(*Wesendonck-Lieder*)。在他的歌剧《特里斯坦与伊索尔德》中似乎也能看到这段三角恋的影子。——译注

女神的语言啊，色彩无法捕捉到你，

大理石可修饰的重负捕捉不到你！

色彩只能稍许地塑造我们：

须臾间就展现于我们面前。

通过你，造物者打动听者的

灵魂，创世之万物向他开启！

他口中之言，如馨香飘然而去，

伴随着期盼的魅力，

用人类声音的力量，用更高的

魔力，而当歌唱涌入这力量，

便升为最高，并更内在地

倾泻入灵魂中。

　　语言在歌唱的过程中臻于完美。康德认为，音乐所具有的"渐进性"特征使其能够对情感和内心产生更强烈的影响，他将将此视为音乐本质性的缺陷，而克洛卜施托克恰恰将此视为语言与音乐的优势：它们都更能打动灵魂。克洛卜施托克相信"修辞的触动性"（movere der Rhetorik），他不相信以造型艺术的方式创作出的诗歌中的"模仿性"（imitatio）能够超越情感。

　　此外还需要注意的是，克洛卜施托克常常将音乐及与音乐存在亲缘的诗歌的效果与自然的短暂香气的效果进行比较。令人惊讶的是，还没有人想到过去描述从克洛卜施托克到默里克再到瓦格纳的音乐香气美学史。关于这一点，康德在前文引用过的《判断力批判》中曾讽刺性地贡献过绵薄之力。之所以说是讽刺性的，是因为对于他和后来的古典理想主义美学来说，气味根本不是一种美学感官，而不过是由"趣味"决定的。康德批评音乐缺少"教养"，因为音乐可以渗入一切地方，也可以强迫不愿听它的人接受它，"而那些对眼睛说话的艺术就不会这样，因为如果不想受其影响，只需移开自己的视线即可。而音乐就几乎如同一种能散发至远处的气味"。康德首先责备了这样的恶习——从口袋里掏出"洒上香水的擤鼻涕手帕"，强迫站在周围的人一同吸入刺鼻的香味，并将此与"在家庭礼拜里唱圣歌"进行对比。（会不会指克洛卜施托克的诗歌？）他认为，这种"喧嚷的"（也因此一般是法利赛人式的）虔诚使周围的人受到骚扰和逼迫，"要么一起唱，要么放下自己的思绪"。因此，克洛卜施托克确实不是康德喜爱的诗人，正如康德也绝不可能是克洛卜施托克喜爱的哲学家一样。

对于克洛卜施托克来说，音乐不仅是"动听"，更是"动人"，节奏的渐进性时刻对他来说比和谐的同时性更加重要。他在颂歌《溪流》（Der Bach）中写道："喜欢动听的声音，更喜欢流动。"因此在现代派开始前的德国文学史上，他最大程度地蔑视尾韵，甚至远远早于瓦格纳。在颂歌《致约翰·海因里希·福斯》（An Johann Heinrich Voss）中，他称"一个邪恶的灵魂驶过，带着/迟钝的词语的轰隆声，就是韵脚"驶入了西方语言。在韵脚中，语言过程的渐进性回流到同时性。对克洛卜施托克来说，那个时代的诗歌中那种交替性起起伏伏、强调押韵的诗句是如此恐怖。他要借助古典诗歌形式寻找一种新的语言节奏性和律动性。因此他总是先为他的颂歌设定一个节拍，——在克洛卜施托克所确立的诗体中，的确能够找到可以与巴赫与莫扎特音乐之间节拍发展相一致之处，例如为曼海姆学派所发现的[1]——他用划线和打钩的方式为颂歌先设置一个韵律模式，例如在《苏黎世湖》中的第三类阿斯克莱皮亚德斯格式。对此艾米尔·施泰格评论说："我们阅读着诗歌那用文字排列出的乐谱。"格律的动感不是自发地从诗意的对象和时刻中长出来的，而是先验地通过模式确立下来的，而这种模式本来是空的。施泰格又说："克洛卜施托克恰恰喜欢这种空洞，在他的韵律研究中，在他关于语言、正字法及语法的文章中，他不关心任何内容，只去测试接受与掌握的器官。"施泰格又说："一个在水上漂浮的灵魂，只有很慎重时才会考虑道成肉身的可能：当你的目光在他身上逗留越久，他的形象就越发清晰起来。"

太初有律。对于克洛卜施托克来说，韵律才是音乐最根本的因素，而非旋律或和声。在他尝试理论阐述时，他描述了音乐的两个方面：水平方向的"时间表现"和垂直方向的"声音反应"。为了他的诗歌，他自然首先在音乐中听到了它的渐进性和运动性。在克洛卜施托克那里，无论是舞蹈还是滑冰，风暴还是溪流，陆上旅途还是水上航行（《苏黎世湖》就描述了这种水上航行，风景并未被描写为安宁的图

---

[1] 参见莱夫·路德维希·阿尔伯特森(Leif Ludwig Albertsen)：《克洛卜施托克的诗歌形式》(Poetische Form bei Klopstock)，载凯文·希利亚德(Kevin Hilliard)和凯特琳·科尔编：《时代边缘上的克洛卜施托克》(Klopstock an der Grenze der Epochen)，柏林，纽约，1995 年，第68—79 页。

景),甚至可能是竞走(克洛卜施托克将健步如飞的小女孩形象象征性地描述为德国或英国缪斯女神的对立面,后来引起了歌德的反感),一切都在变化中:许多颂歌的标题就已围绕这一概念;即使创世也是变化着的。上帝并非一劳永逸地一次性创造了世界,正如他在颂歌《上帝的永在》(Die Allgegenwart Gottes)中利用典型的现在分词将上帝称为"正在创造者",以此显明了创世的持续性。

卡尔·达尔豪斯注意到,音乐发展到 18 世纪后半叶经历了音乐形式从暂时性到同时性的转变。[1] 席勒在《审美教育书简》第 22 封信中将音乐的目标定作成为"形象",由此到达了音乐过程和音乐效果中纯渐进性和一时性的对抗,音乐与造型艺术越来越接近,都具有同时一目了然的现状,同时,两者产生的效果也越来越接近——都是带来内心的平静和自由。但席勒没有注意到,音乐正符合他的假定:音乐是发声的形象,"音乐在他不了解的古典交响曲和四重奏中早已成为这样的了"。古典器乐作品的作曲法"将各个部分以同样的空间秩序带到听众的眼前",将发声的过程固定化为一个可视的结构。"前几个或后几个乐句的补充,各个主题和母题之间的关系网,以关系和对题连接成的音调组合,这一切都使音乐与建筑之间的比较越来越明显易懂。"

这种音乐结构在克洛卜施托克的时代还是全然陌生的。他的音

---

[1] 卡尔·达尔豪斯:《席勒音乐美学中的形式概念与表述原则》(Formbegriff und Ausdrucksprinzip in Schillers Musikästhetik),载阿希姆·奥尔哈姆(Achim Aurnhammer)等编:《席勒与宫廷世界》(Schiller und die höfische Welt),图宾根,1990 年,第 156—167 页。

乐视野还局限在从亨德尔和泰勒曼（Georg Phillip Telemann）至卡尔·菲利普·埃马努埃尔·巴赫（Carl Philipp Emanuel Bach）和格鲁克的晚期巴洛克主义到前古典主义，因此他的音乐诗歌也具有暂时性。席勒就克洛卜施托克诗歌中的哀歌基调所进行的无与伦比的分析就是与此相关的：所有的一切都是稍纵即逝的。例如颂歌《彼得拉克与劳拉》（Petrarca und Laura）独特的开篇："对其他非永生者而言如此美丽，几乎还未被我看见，/银色的月亮就这么消失了。"歌德所观察到的月亮却是如此不同——"你洒满灌木丛和山谷"：同样"美丽"，同样在完全的当下"被看见"；而在以上所引的开篇诗行中，克洛卜施托克则重新处在月亮消失后全然的"阴暗"中。对于他来说，究竟什么是真正"被看见"的？他的核心诗意器官并非眼睛，而是耳朵。月亮几乎没有升上天空，就已想要离开诗人，月亮绝对没有洒满灌木丛和山谷。"你要溜走？别急，留步，思想的知音！"（《早逝者之墓》）他需要得到对方的誓言，但是奇特的是，在此的对方并非是具有自身价值的自然现象，而是化作了思想的发起者。

　　让我们重新回到席勒在《论素朴的诗与感伤的诗》中关于音乐的脚注。用"音乐性的"这一表达来标志某类诗歌，"不仅涉及诗歌中根据材料而言真正就是音乐的部分"，也就是说，从声音的角度成为语言的音乐，"而且尤其涉及那些不需联想到某个特定对象就可以激发起所有想要激发的情感的部分；在这层意义上，我首先称克洛卜施托克为音乐性的诗人"。席勒区分了诗歌的音乐性中在一定程度上属于"材料的"及（更重要的）属于"隐喻的"两方面，它们在克洛卜施托克的诗歌中相交。关键是，诗人及读者的联想力都不能被"某个特定对象"所控制。由此,音乐以及音乐性的诗歌就成为非对象化的艺术,成为造型艺术之反极。

席勒在论文的正文中继续强调:"如果人们想要否认素朴的诗人在描述对象时所运用的个人化的真实与活力,就是对克洛卜施托克极大的不公正。"[1]但这种不公正在克洛卜施托克生活的时代以及19、20世纪都不断发生过。或许只需援引歌德与艾克曼的一段谈话录,歌德在1824年11月9日谈到克洛卜施托克的《弥赛亚》及其颂歌时认为"克洛卜施托克在观察把握感性世界、刻画人物性格上都缺乏方向和天赋,因此也就缺乏对一位史诗诗人和戏剧诗人,甚至可以说,对一位诗人来说最根本的东西"。他还嘲讽《两位缪斯女神》(Die beiden Musen)这首颂歌:"他让德国缪斯与英国缪斯赛跑,事实上只要设想一下,两位姑娘那么争先恐后地健步如飞,脚后蹬踏起一路的灰尘,这番景象就足以让人判断,克洛卜施托克这位老好人在动笔前没有想象过这一场面,他没有用感官感受过自己要写的东西,不然他一定不会犯下这种错误。"

甚至在颂歌《苏黎世湖》中,苏黎世湖也不过以最普通的称呼出现:"葡萄河岸泛着微光的湖"、"安静的山谷"、"银色的阿尔卑斯山峰"、"树林那阴暗清凉的手臂",河谷与岛屿——但即使是这些已少之又少的风景细节,在这首颂歌的第二部分也完全消失了,诗歌完全摆脱了对可见的周围景致的描绘。各种景致的特征不以具体形态出现——没有具体的色彩和感官细节。艾米尔·施泰格认为,克洛卜施

---

[1] 席勒:《全集》第5卷,第735页。

托克的调色盘里几乎只有黑色、银色和白色。景致的特征作为纯粹的点燃感情的火星而被唤起。在这架感伤的文字钢琴和创造内心的斯宾耐琴的键盘上,弹奏出和弦,由此产生出某种特定的境界,那些单纯的称呼也常常是要引起这种境界:泛着微光的湖、闪耀着的雪山、阴暗清亮的树林、山脉、河谷、湖水构成的理想风景发出含糊的召唤——整首颂歌的最后一个词是"至福乐土"。这不是一种以诗意的方式自我经验、自我产生的地貌学,而是文学性内化的地质学,不是一种被看见的,而是一种被感受到的、感伤的构成风景,用歌德的话说,克洛卜施托克"没有想象过","没有用感官感受过"。我们可以比较一下克洛卜施托克的颂歌与歌德自己的一首诗歌,就知道歌德这么说是什么意思了。这是歌德于 1775 年 6 月 15 日首次写在日记中的一首《在苏黎世湖上》(在此引用的是最终版本):

湖波上闪烁着

万千星辰徜徉,

薄雾吞噬四周

堆聚起的远方,

晨风翩翩卷起

阴云下的湖湾,

湖水中倒映着

正成熟的果实。

在这首前所未有的改写中出现了克洛卜施托克诗中所"搜集"的

完全一样的各种自然现象，歌德将其中映照出的远与近、上与下的交融描述为真切被看到的诗意的*图像*，而在克洛卜施托克那里，它们不过是在他感觉的五线谱上写下的*音符*——是黑白的！威廉·封·洪堡于 1796 年 9 月 7 日在他的旅行日记中写道："从自身之外的大自然中，他绝对只是获得了各种感受的动机。他彻底不带任何阐释的目光。"而艾米尔·施泰格以非常瑞士的方式补充说明，克洛卜施托克不过是被他所召唤来的那些风景的感性现象所"暗示"了。

克洛卜施托克不是席勒所说的"素朴的诗人"，他并未出于与自然的统一而选择将"对真实的模仿"作为自己理所应当的领域，他属于感伤的诗人，他已失去了与自然的统一，并试图在"对理想的描绘"中重新寻回这种统一。"无限的艺术"是他的领域，正如同"界限中的艺术"是素朴诗人的领域。界限中的艺术以及对真实的模仿，其典范就是造型艺术，而无限的艺术及其理想的呈现，其典范则是音乐。现代感伤主义用"表现"代替了"模仿"，其原则"诗如乐"（ut musica poesis）使古代素朴的基础"诗如画"（ut pictura poesis）以及与其相关的模仿理论成为过往。[1]尽管如此，对于席勒来说，诗之所以为诗，在一定程度上依旧与"感官的真实"以及"素朴之美"相关，这些都是诗歌最原初的状态，只不过这一切在感伤的时代遗失了，只能在理想中被重新寻回。席勒认为，如果缺乏感性的真实与美，"感伤者"便终

---

[1] 还可以参考希尔德加德·班宁（Hildegard Benning）：《诗如画——诗如乐：克洛卜施托克诗学思想中的范式转换》（Ut pictura Poesis-Ut Musica Poesis. Paradigmenwechsel im poetologischen Denken Klopstocks），载凯文·希利亚德和凯特琳·科尔编：《时代边缘上的克洛卜施托克》，第 80—96 页。

究"不是诗人"。不过对席勒而言,克洛卜施托克无疑仍属于"诗人"。"他的许多颂歌,他的多部戏剧作品以及他的《弥赛亚》都以确切的真实性和美妙的界定来描绘其对象[……]。只不过这不是他的强项。[……]他的弥赛亚诗篇在*音乐*诗意层面上是如此壮丽的创造[……],在*雕塑*诗意层面则还有很多未尽之意。"

席勒详细地逐一说明。"抽象"是一块危险的礁石,瞄准理想的感伤诗人在此总是一再濒临失败(席勒从自身经验出发论述这一点),在克洛卜施托克的诗歌中,"抽象"通常出现在那些将"观念"和"概念"排挤掉的"存在的形象"之前。"他的领域永远是理想王国,他知道怎样将所编写的一切都引至无限中。可以说,他将所面对的一切都从躯体中抽出,为的是将它们造成灵。[……]他赋予诗歌的几乎每一种乐趣都必须动用思考力方可获得。他在我们里面所激起的如此内在、如此强烈的情感,都是从超感官的源泉涌出的。"克洛卜施托克"总是只将我们引出生活,只让灵时时备战,无需以客观物体安静的在场来唤醒感官"。席勒对克洛卜施托克的这一评价掺杂了钦佩与诧异,时常让克洛卜施托克的拥护者感到苦闷不已。事实上这很不公平,因为席勒已经做了最大的努力尽可能中肯地描述克洛卜施托克的风格特征。不过,席勒的这种描述时常被歪曲为对克洛卜施托克的贬低,这也是可以理解的,因为席勒不只在描述并评价克洛卜施托克,而是通过他、透过他来描述并评价自己。依照席勒的理解,*他自己*也是感伤的音乐性诗人,是"只让灵时时备战"的诗人,他的领域也"永远是理想王国",他了解一切与此相关的危险,甚至包括诗的死寂,与歌德这种"雕塑性"的、被"对象"和"观察"所控制的诗人的亲近恰好保护了他免遭此难。与歌德的亲近关系保护了席勒免于受到感伤诗歌的危险。

席勒对克洛卜施托克谨慎小心的批评，其实是一种理论式的自救。对他来说，克洛卜施托克以一种危险的方式成为"青年"的诗人，而青年则"总想要追求超越生活之外的东西，总想摆脱一切形式，认为所有界限都是束缚"，他们总是"怀着爱与欲地念叨着这位诗人为他们所打开的无限空间"。席勒的这一段陈述精准无比，正如同后来尼采在论述到席勒时一样。当然，在赞誉了克洛卜施托克一番之后，席勒最后还是回到了对"音乐性诗人"本身的褒扬，相比《弥赛亚》的作者以及从他的竖琴和里拉琴中奏出的"高尚"之音，席勒更偏爱"他的鲁特琴中奏出的痛苦之音"，例如相较之下不那么浮夸的哀歌《早逝者之墓》《夏夜》，当然还有颂歌《苏黎世湖》。

席勒对克洛卜施托克的评价常常被后人议论，而且经常是批判的议论。可能是不满其描述与评价之间缺乏一致性，但与歌德在谈话录中生硬的评论相比，席勒对克洛卜施托克诗歌特性的理解更具协调性，也更公正，因为这种雕塑性诗-音乐性诗的类型学把握赋予了他恰当评价诗歌特性的一种尺度。因为如果抛开其观察中过于贬损性的评价视角，他的评论还是与后人研究中的许多阐释结论非常一致的，即克洛卜施托克的诗歌似乎是一种能音乐性创造心灵状态的艺术，不仅是他的颂歌，也是他的弥赛亚诗篇。

让我们将目光投向耶稣复活的故事吧。诗人只在几句诗行中言简意赅地将故事本身带过，而复活前后的情境——对整个事件的期待和情感效果，却被诗人摊展在几百句诗行中。描绘的效果无疑本应超越诗歌的框界而持续对读者产生影响。而这些可以被称为"后史诗"中的诸形象,也已不再是直观的角色,而是用克劳斯·赫尔勒布什的话来说,"在无限的空间经历中多多少少没有躯体的声音"[1]。在此,受难与复活的"歌者"之声反映的与其说是他所描绘的东西,不如说感性地反映了事情本身。伴随着歌者之声的是直接参与者在观察中的宣告之声,他们或自言自语,或互相交谈,又或祈祷或歌咏,他们从救恩史的各个时代和空间,从亚当夏娃一直到天使魔鬼,到仍未出声的基督之灵,再到天宇的交响,所有一切齐鸣。在终曲中,这些单个的声音汇合成赞美弥赛亚升天的合唱。写到这里,克洛卜施托克不仅摆脱了史诗通用的六音步诗行,而且彻底摆脱了史诗,通过运用各种合唱抒情诗行与分节诗形式,将史诗化为了清唱剧,他也确实期望从如哈瑟(Johann Adolph Hasse)、泰勒曼等作曲家那里获得等效的音乐。泰勒曼 1759 年创作了两部《弥赛亚》康塔塔,莱哈特 1782 年赞其是"为真正音乐所作的音乐性诗歌之典范",在《弥赛亚》第二十首前,"含蓄的读者"完全化身为"含蓄的听者"。在某种程度上,歌唱着的天军要凭借声音的强度将听众的心灵拉进一个旋涡,这是围绕复活了的弥赛亚聚集起来的得胜的教会(ecclesia triumphans)形成的旋涡,因此读者和听众也就能构成一个虔诚的团契。从克洛卜施托克的基本概念"变化"的完全超物质性意义来说,这就是从音乐的精神中诞生

---

[1] 克劳斯·赫尔勒布什:《弗里德里希·戈特利普·克洛卜施托克》(Friedrich Gottlieb Klopstock),载甘特·E.格里姆(Gunter E. Grimm)和弗朗克·雷内·马克斯(Frank Rainer Max)编:《德意志诗人》(Deutsche Dichter)第 3 卷《启蒙运动与感伤主义》,斯图加特,1988 年,第 150—176 页。

的新团契。

　　克洛卜施托克尤其关注将"团契"作为他诗歌的受众,而这种团契在那个时代主要在青年中其实已经存在了好几十年了。这尤其体现在他的《赞美诗集》(*Geistliche Lieder*)中,在 1756 年 11 月给他父亲的一封信中,他将创作赞美诗称为自己的"第二职业"。他并非想在建立团契上发挥作用,并非想创立一种艺术宗教来回应世俗化进程,(虽然他的《弥赛亚》完全就是一种艺术宗教,他的基督神学与正统神学之间的距离显而易见),而是想以现存的教会团体为前提。可以理解,为什么克洛卜施托克的《赞美诗集》已几乎完全从今天的新教礼拜中消失了。只有那些有教养的人或许对他的一首赞美诗还有些概念,那就是《复活》(Die Auferstehung),但也不是通过礼拜(虽然这首赞美诗是如今几个版本的《新教赞美诗本》中收录的唯一一首克洛卜施托克的圣咏),而是通过音乐会:通过古斯塔夫·马勒《复活交响曲》(*Auferstehungssymphonie*)的第五乐章[1]。

　　不仅是艺术宗教之诗,还有从教堂出发抵达世俗缪斯殿堂的赞美诗,它们都表明克洛卜施托克的诗性宗教语言不再是教会内部的虔信表达,而是成为艺术而非宗教的表达。正如同在瓦格纳《纽伦堡的名歌手》第一幕中,寇特纳(Kothner)问骑士瓦尔特·施托尔钦在试唱时

---

[1] 此处指马勒创作于 1888 至 1894 年间的《第二交响曲》。马勒在末乐章根据克洛卜施托克的赞美诗《复活》前两段谱写了一段为女高音、女低音及合唱团所演唱的绝美乐章,由女高音及合唱团唱出"复活,是的,你将复活"的宣告。根据马勒自己在 1894 年的说法,他在汉堡圣米迦勒教堂参加德国著名指挥家汉斯·封·毕罗(Hans von Bülow)的葬礼时,听到克洛卜施托克的《复活》,萌生了最后乐章的灵感。——译注

想选择神圣的还是世俗的素材,骑士想将自己早已世俗化了的爱情宗教伪装为圣洁的,却只得到寇特纳干涩的回答:"这在我们这儿算世俗的。"马勒很好地把握了《赞美诗》作者所关切的灵魂的迷醉,并为此谱曲,而克洛卜施托克则渴望通过这种灵魂的迷醉来振兴礼拜仪式——通过一种新的圣咏使圣灵倾泻在团契之上。当然,克洛卜施托克渴望通过音乐使团契"被鼓舞",这依旧是发生在礼仪之外的:正如1843年在德累斯顿圣母教堂上演的瓦格纳圣灵降临节清唱剧《使徒们的爱宴》(*Liebesmahl der Apostel*)[1],虽然并没有直接运用克洛卜施托克的文本,却延续了他的观点而在轮唱、合唱中强调宗教性;另一个例子更是彻底在教会框架之外了,即马勒的《第二交响曲》。

克洛卜施托克在他的《赞美诗》(第一部分)的引言中将"崇拜"称为"公众礼拜的关键",然后又将"歌唱"称为"崇拜中最重要的部分",因为团契通过歌唱才能"更活跃起来",才能被升华为"最神圣的陶醉"。"讲道人宣讲的劝诫虽然非常有用,却并非礼拜中更关键的部分。"这是克洛卜施托克的观点,但却完全不是路德的,因为对路德,尤其是正统路德宗来说,对礼仪的正确理解就包括"讲道"理所当然应该是礼拜的核心,核心是"道",而不是歌唱,是宣讲,而不是崇拜,更不要说什么"最神圣的陶醉"了。格哈特·凯泽证明,克洛卜施

---

[1]《使徒们的爱宴》是瓦格纳为男声合唱团与交响乐队创作的一部清唱剧,也是瓦格纳极少数合唱作品中唯一的一部宗教题材作品。瓦格纳安排了3个男声合唱团、12位男低音(扮演十二使徒)以及一个天使合唱团,并让他们轮番上阵。该剧于1843年7月6日在德累斯顿圣母教堂首演,参演的有约1200名歌者与近百位交响乐团成员。——译注

托克很可能在与钦岑多夫(Nikolaus Ludwig von Zinzendorf)[1]的亲密关系中受其观点影响,并在摩拉维亚兄弟会的礼拜中被他们的崇拜和礼仪圣咏所感动。对于他们以及克洛卜施托克来说,团契"在礼仪上首先是崇拜的团契,在崇拜中又首先是歌唱的团契"。没有比《合唱曲》中更重要的表达了,而这首颂歌可以说勾画出了克洛卜施托克理想中的礼拜。

> 哦,如果有人
> 感受不到圣乐伴奏下的,
> 插着赞美诗圣洁翅膀的
> 宗教,那他定不知道,
>
> 沉醉于幸福是何等模样,
> 他也丝毫不会受震动,当
> 殿堂中众人欢唱,海水静止,
> 空中升起合唱!
>
> ……

---

[1] 尼古拉斯·路德维希·封·钦岑多夫是德国路德宗虔信主义神学家。他是一名贵族,从 1722 年起,他在家族城堡中接待摩拉维亚兄弟会的流亡者与后裔,这些人此后慢慢在钦岑多夫家族城堡附近定居,并建立一个名为"主护村"(Herrenhut)的村庄。1764 年钦岑多夫死后,摩拉维亚兄弟会接管了他的城堡和主护村。——译注

上空响起诗篇，合唱队

歌唱，音乐好似从灵魂中

迅疾又自然地流淌。大师们从那里

引领这音乐，流向堤岸。[1]

它有力而深切地渗入心灵！

它蔑视无法催人落泪的一切，

蔑视无法让灵魂战栗，抑或，

满溢天之肃穆的一切。

……

切勿再等，切勿再等！普通人

跪下，面向圣坛拜伏！

赶快！赶快！从联盟的圣杯中

合唱胜利正嘹亮涌出！

　　在被合唱音乐解开束缚的情感暴风中，"普通人"作为陶醉的感觉共同体一齐面朝圣颜跪下，这就是克洛卜施托克的理想礼仪。

---

[1] "大师们"在此应该指创作宗教音乐的作曲家。克洛卜施托克在此表达，这些大师们的音乐好似并非"人为"地被创作出来，而是从灵魂中涌出的。音乐的泉流并非任意流淌，而是通过大师们的作曲和"引领"，"流向堤岸"。
　　——译注

合唱曲在克洛卜施托克的诗中完全是朗诵的范式,因此他的诗歌就是"为耳所作的诗"(凯特琳·科尔)。他的整体诗艺都考虑到了语言的"口诵化",在一个诗歌书面化的时代,文学市场用匿名的、私人的阅读代替了对文学的团体性接受,转而偏爱那种轻声的、在声响上不再活跃的阅读(这是克洛卜施托克所摒弃的)。躲在幽静的小屋子里独自阅读的人,没有受众,又何须大声朗诵呢? 当然,现代文学中越来越常见的同时性结构只能在"看",在一种对文本具有画面感的纵览中才能实现,而大声朗读反而阻碍了理解,因为大声朗诵势必将文学的渐进性移置前景。因此,立体主义诗人戈特弗里特·贝恩认为诗歌基本上是不可以被朗诵的。而克洛卜施托克则正好相反,他认为诗首先是渐进的,因此他固执地认为诗歌必须是可以被听见与诵读的。

我们时代的一位作家,马丁·瓦尔泽(Martin Walser)也认为文学朗诵意义重大。在其回忆录式小说《迸涌的流泉》(*Ein Springender Brunnen*)中,他让年轻的约翰(瓦尔泽的自传式人物)完整并大声地朗诵了他最喜爱的诗人克洛卜施托克的诗——而且恰好就是《苏黎世湖》。因为他没有听众,他就向他的牧羊犬退尔朗诵,把退尔培养成一条优秀的克洛卜施托克爱好狗。约翰一边为退尔抑扬顿挫地朗诵诗句,一边用手指抚摸着它的颈毛,但并非念什么诗都能行得通的,至少读散文就根本不行,因此约翰"从来不会想到要给退尔朗诵散文",因为这时它那敏感的颈毛根本没有反应。但它对克洛卜施托克颂歌的反应却完全不同:"它们流淌,摇摆,舞动,鸣响,而退尔对这些颂歌很有感觉,这在念给它听的时候就能看出来。"[1]谁会不联想到歌德第五首《罗马哀歌》(Römische Elegien)中那位一边用手指抚摸爱人的背脊一边轻轻向她讲述"六音步诗行体例"的诗人呢！

诗性的语言首先在朗诵与歌咏中抵达其本身。克洛卜施托克在理论和诗歌中不断用语言表达这一观点,例如在下面这首箴言诗中:

若诗歌不被诵读;你们就看不见灵魂,
它的内容也迫切希求贴切的词语。
若未被恰当诵读;你们就不仅缺乏灵魂,
内容或有别样的呈现,对你们却不再真实。

"所以朗诵与语言可以说是不可分离的。"——克洛卜施托克在他的格言诗《论朗诵》(Von der Deklamation)中这样写道。不能诵读的语言"不过是图像上的柱子,没有真正的形体。如果人们只用眼睛来阅读,而没有同时用到声音,那么只有当他想象诵读的效果时,语言对阅读者才可能是有生命力的"。朗诵艺术在与孤独阅读的抗争中逐渐衰败,克洛卜施托克一直为此扼腕,他于1770年在汉堡建立了一个"朗读社",力图使朗诵艺术重获曾经的地位。他本人也一定是个光彩照人的朗诵者,同时代的一位见证者这样记录道:"他的朗诵拽

---

[1]马丁·瓦尔泽:《进涌的流泉》,法兰克福,1998年,第292—293页。

着听众的心,就如同一条大河拽着一叶随之漂流的小舟。"[1]如果克洛卜施托克亲自为瓦尔泽笔下的牧羊犬退尔抑扬顿挫地朗诵自己的颂歌,并抚摸它的颈毛,退尔定会开心地狂吠吧!

对克洛卜施托克来说,"viva vox"(拉丁语,意为"声音万岁")比其字面上的含义更深远,耳朵对他来说是比眼睛更为重要的感官。在颂歌《倾听》(Das Gehör)中,他这样安慰"盲人黑格维施":他依旧拥有耳朵这一更为重要的器官。"丧失听觉使人孤独,你不再,与众人一起活着。"他认为,人与人之间的共体感不会因为丧失视觉而变得困难或者索性消失。还有一些对盲人充满安慰的诗句:"光消失了:但你并未失去爱人友善的言辞",没有失去大自然的声响,没有失去"音乐艺术甜美的魅力"。而诗与音乐正亲如姐妹,诗歌常常在现实意义上,且永远在隐喻层面上就是歌唱。因此,各种乐与音的比喻也贯穿克洛卜施托克的全部诗作。如果他将自己的诗称为"歌",将自己的颂歌称为"歌咏",将他的伴侣称为"歌唱的里拉琴"或"鸣响的里拉琴",这显然远远超出了诗人们通常惯用的原本意象。

诗歌升华为歌咏,于是诗歌就成为音乐宇宙的映像与续音,成为波爱修斯式的"世界之音"(musica mundana)与"天使之音"(musica angelica):"音乐不仅在星辰中令人喜悦;甚至/也让天上的天使欢欣。"[《音乐》(Die Musik)]《弥赛亚》中的颂歌和歌咏不停地围绕着"世界之音"与"天使之音"。诗人不过是"听闻见"变化中的日月星辰发出的"天体的银色之音",而这是"低下的灵魂无法听见的"[《致我的朋友

---

[1] 克劳斯·赫尔勒布布什:《弗里德里希·戈特利普·克洛卜施托克》,第157页。

们》(Auf meine Freunde)]。

天穹之耳听见运动星辰之音响

听见其轨迹、月球与普勒俄涅

听见雷鸣,了然,并乐于倾听

那翩翩起舞的音响,

当星球的极点旋动,在循环中

翻转,当藏匿于光辉中的它们

围绕自身旋动! 狂风呼啸,

紧接着海洋也咆哮!

(出自《未来》)

歌德的《浮士德》之"天上序曲"中也有一段前奏:

曜灵循古道,

步武挟雷霆,

列宿奏太和,

渊韵涵虚清。

[……]

大海泛洪涛,

流沫深崖底。

大海与深崖

恒随天运徙。

浩浩暴风吹，

奔陆复趋海，

咆哮绕坤轴，

功威寰宇盖。[1]

　　用弗里德里希·格奥格·荣格尔（Friedrich Georg Jünger）的话说，克洛卜施托克的大地上笼罩的一定"不是安宁的、封闭的苍穹，不是诸神与英雄所在的星辰，空间在其不可估量的深度中撕裂开，旋转不止，并将目光投向世界、银河、星雾中永远更新的体系。潺潺之光、火焰般的太阳、苍穹的河流、星辰之风，这一切都一同鸣响"。[2]

　　克洛卜施托克不断缅怀"*musiké*"，这个希腊语词在整体艺术作品，尤其是阿提卡悲剧中表示语言、音乐与舞蹈的统一。这些元素的彼此分离、独立后每种艺术的绝对化，对克洛卜施托克来说，正如后来对瓦格纳来说一样，都是衰败的表现。

对语言来说，玩伴们太过可爱；

别和他们分开！牢固的镣铐被绑在

利姆诺斯岛的锻造间上，调和了

---

[1] 出自歌德《浮士德》中的"天上序曲"，此处使用梁宗岱译本。参见《梁宗岱译集》Ⅲ，上海：华东师范大学出版社，2016年，第18—19页。

[2] 卡尔·奥古斯特·施莱登（Karl August Schleiden）编：《克洛卜施托克选集》后记，第1340页。

悦耳的声音与诗句的舞蹈。

谁若懂得,何种目的将他们捆绑,
  就会避免使如此协调的和睦隔离:
    分离迫使太多所思与
      所想,归于沉寂。

这里表明,克洛卜施托克离绝对音乐(absolute Musik)的概念还很远,在他那个时代,还没有彻底产生从声乐到器乐的明显范式转换。克洛卜施托克的诗被同时代音乐家如此频繁地谱曲,因此后来的维也纳古典派作曲家海顿、莫扎特、贝多芬回避他也就情有可原了(虽然他在精神上与贝多芬如此接近),而直到浪漫派作曲家舒伯特才重新为他的诗歌谱写了约20首歌曲。此后,他才越来越在19世纪的音乐视野中渐渐凸显出来。

在合集《德意志学者共和国》(Deutsche Gelehrtenrepublik)中有一篇出自18世纪70年代中叶的杰出文章,克洛卜施托克在该文中再次将声乐置于器乐之上,这就引起了那些想要从受制于语言的音乐中摆脱出来的器乐作曲家的不满。这篇文章是关于对音乐家的接纳,而长老、行会与民众必须共同对此作出判断。音乐家代表们将他们的艺术与造型艺术相比较后给出了他们的提案,而造型艺术的代表们则认为,他们因为具备"描绘"的优越性而占据上风:"我们比他们在更高程度上触动人,我们触动人,而他们不过愉悦人。"而音乐家则追溯援引了传统修辞学中的三种"表述类型"(dicendi genera)区分,即触动——movere，属于"高尚类别"（genus sublime），愉悦——delectare，则相反属于"中等类别"（genus medium）。与造型艺术家相反，音乐家借助修辞学中的类别等级制度而将自己归入较高的等级中。

接着，具有发言权的长老又再次反驳，批判作曲家们那些"又古旧又恶劣的习惯"，称他们"选择劣质的诗歌谱曲，为了使音乐能成为主人，而诗歌艺术沦为仆人"。长老认为，音乐家必须为自身利益考虑，消灭这些恶习："统一的美的各种形式互相影响，并由此加深它们的印象。［……］一曲美好的音乐配上一首劣质的诗歌，倘若赋予这音乐一首好诗，那么它就会与之前截然不同。之前是音乐吃力地扛着一个虚弱的孩子，现在则会是一位大力士领着音乐向前！"音乐家应该与时代的潮流相背，"更多地为歌咏，而不是器乐"奉献自己的艺术。长老认为，如果没有言辞，音乐就成为"各种对象中的某一个"，它会在"普遍性的狭小圈子里"自我耗尽，而这种普遍性永远也无法企及"强烈触动"的高度，但从诗歌"确定的对象"中却可以萌发起这种触动。因此，"可以歌唱的作曲"总要受到优待，尤其也因为"声音拥有相较乐器来说大得多的优势"。

音乐家则激烈反抗这些观点，他们对诗歌是否可以成为"主人"、而音乐是否会沦为"仆人"心存怀疑。长老通过赞美远超过念诵的"歌唱般的朗诵"来驳倒音乐家的怀疑："歌唱般的朗诵让人能听到热情，对此语言则无能为力。"当作曲家让"旋律"占据支配地位，并使旋律不会"因为和声而变得虚浮"。作曲家应该表现出的东西，是并且只能是诗人因为语言的阻碍没能表达出、但却可能要表达出的东西。一旦作曲家偏离此道稍微一丁点儿，一旦他表达得比诗人想要表达的多或少了一份,那么这位作曲家就削弱了通过诗歌与音乐之美的结合而产生的、对两者都有利的效果。如果作曲家已经彻底远离此道,那他也就销毁了两者的结合。"长老所坚持的整体艺术作品的想法,显然可以追溯到古希腊的"musiké"概念。

文章至此出现了器乐作曲家狂怒的反抗:"歌唱的朗诵,念诵的朗诵!你们这些奸诈的区分与我有什么关系。你们想加给我们的不过是卑躬屈膝和奴颜媚骨!"器乐作曲家的代表这样喊道:"我永永远远都不会让自己戴上这样的镣铐,除乐器外绝不为任何别的作曲!我还考虑要创作出如何将人声作为纯粹的乐器来使用的方法呢。我应该能听见作为纯粹原因的 A 和 E,根本不需要诗歌中的半个词。"怒气的爆发却无法改变事实,长老、行会和民众依旧决定,"声乐作曲家"比起"器乐作曲家"要稍稍高出一个层次,并以此为前提接受音乐家。器乐作曲家最后为了能被接纳,还是屈服了。

古典主义和浪漫主义审美的关键思想——绝对音乐,在克洛卜施托克的《德意志学者共和国》中被排除在外,虽然器乐作曲家为此据理力争。无论如何,与许多同时代及后来的音乐美学家相比,克洛卜施托克已经显示出对器乐作曲家更多的理解,例如苏尔策(Johann Georg Sulzer)在《美好艺术的普遍理论》(*Allgemeine Theorie der schönen Künste*)中的《音乐》一文中,就将纯器乐作品贬为纯粹的"废话"。[1] 克洛卜施托克还彻底坚持,声乐从古代到 18 世纪

---

[1] 参见卡尔·达尔豪斯:《绝对音乐的概念》(*Die Idee der absoluten Musik*),慕尼黑,1978 年,第 10 页。

初无疑一直占据着统治地位,这也同时意味着旋律优先于和声。(可以让人联想到卢梭与拉莫之间关于旋律与和声孰先孰后的争论。)

克洛卜施托克的音乐视野与古典主义音乐美学之间存在着深壑。"歌唱的朗诵"对抗绝对音乐,在克洛卜施托克这里,音乐性就是纯粹的渐进性,而在古典派那里,通过同时性结构才能达至净化。此外也是作为高尚艺术的音乐对抗作为美好艺术的音乐。在 18 世纪被重新发掘的关于"高尚"的理论视角之前,克洛卜施托克的诗就一直被视为是高尚的,几乎没有任何诗歌比他的颂歌和《弥赛亚》更经常涉及关于无限(宇宙和海的辽阔)、宏大(高山和深渊)、强劲(风暴和雷雨)这些主题了。埃德蒙·伯克(Edmund Burke)使"高尚"第一次被推至"美好"的对立面。如今,这一新的概念组合——"美好-高尚"决定了从康德到费肖尔(Robert Vischer)的全部美学理论。奇怪的是,无论是在伯克还是在康德那里,"高尚"从未被理解成音乐的基调而与以"美好"作为基调的造型艺术形成对立,虽然这一区分无疑符合克洛卜施托克在美学上的自我理解。唯独席勒接近了这种将"高尚"设为音乐标准的定位,他将"音乐性之诗"与"雕塑性之诗"对立起来,又与感伤及素朴的原则相对应,席勒对"素朴的诗"与"感伤的诗"之间的区分,显然是从"美好"与"高尚"之间的对立衍生发展出来的。

直到"高尚"几乎彻底从美学领域消失了的时代,理查德·瓦格纳才在作于 1870 年的纪念文章《贝多芬》(Beethoven)中将"高尚"这一标准重新带回到音乐美学中。他显然是在针对爱德华·汉斯力克

（Eduard Hanslick）1854 年的论文《论音乐的美》（Vom Musikalisch-Schönen）。瓦格纳强调，音乐的形式与效果"唯有根据*高尚*这一标准"，而不是根据美的标准才能被把握。[1]根据康德的《判断力批判》，如果某些现象"其观念本身就自带无限的思想"，并且"超越感官的任何标准"，那就是高尚的。[2] 这很符合克洛卜施托克诗歌的现象世界，也同样适用于康德的这段结论：当"对美的品味能让人获得在*安静沉思*中的心灵，而且只有以此心灵为前提才能获得美的品味"，那么"高尚的感觉就会带出一种与对象的评论相联的心灵*触动*，并成为其特征。"[3]克洛卜施托克也以非常类似的方式描述过造型艺术与音乐所产生的效果的差别。

这随即引出了与瓦格纳的《贝多芬》一文之间的桥梁。在《贝多芬》一文中，瓦格纳称，"源自造型艺术评论的那些观点被以错误的方式转置到音乐上"，也就是说，人们要求音乐能"激起对美好形式的满意情绪"[4]。当然，瓦格纳是在暗指汉斯力克的文章，汉斯力克遵循达尔豪斯（Carl Dahlhaus），第一次从古典作曲法同时兼备空间性和同时性的建筑学特征中得出了理论性结论。汉斯力克不仅以其典型的方式谈论"听"，也谈论对音乐的"观看"，同时向在他看来已经陈腐的"感情美学"发起挑战，他认为"感情美学"只会助长音乐使人迷醉的效果。没有任何其他艺术作品会像音乐那样允许"没有精神的享

---

[1] 瓦格纳：《诗文选集》（*Gesammelte Schriften und Dichtungen*）第 9 卷，第 4 版，莱比锡，1907 年，第 78 页。

[2] 康德：《判断力批判》，汉堡，1924 年，第 94，99 页。

[3] 康德：《判断力批判》，第 91 页。

[4] 瓦格纳：《诗文选集》第 9 卷，第 77 页。

受"："一幅画、一座教堂、一部戏剧都不可能发出难听的吸呷声,但一首咏叹调却非常有可能。"[1]汉斯力克决心只是从美的准则出发来规定音乐,因此就彻底排除了"病态的激动"。通过这种医学诊断,被克洛卜施托克视为音乐较之造型艺术的优势所在——运动性(movere)就被排挤掉了,取而代之的是适合安静观看造型艺术作品的寂静主义式的统觉态度。汉斯力克谈到了"对音乐作品的纯粹注视"。"在不带情感、却沉醉于内在的享受中,我们看到艺术作品从我们身边划过。"这就证实了谢林所称的"美之崇高的冷漠性"[2]。

正是在这一点上,瓦格纳在《贝多芬》一文中加入了对汉斯力克理论的批判。瓦格纳在一定程度上带着莱辛(Gotthold Ephraim Lessing)《拉奥孔》(Laokoon)中的精神,批判汉斯力克在一篇论文中对造型艺术与音乐艺术之规则的混用,况且这篇论文还如此坚持各种艺术本身固有的规律性,这其实更显示出一种奇怪的冲突,一种矛盾的角色互换:指责绝对音乐的激进理论家混淆各种艺术的人,恰恰是汉斯力克所攻击的整体艺术作品思想家! 汉斯力克的确将他的"发出声响的行动方式"类比作装饰艺术来强调其能够被同时把握的形态性:"我们看到被挥洒的线条,一会儿温柔地垂下,一会儿又冷峻地上扬,它们彼此寻到,彼此容许,在大大小小的弧线中互来互往,看似不可测量,其实井然有序,到处都能遇上相应物和配对物,是各种细部的结合,同时又是一个整体。"[3]

[1] 汉斯力克:《关于音乐的美》,威斯巴登,1980 年,第 124 页。
[2] 汉斯力克:《关于音乐的美》,第 131—132 页。
[3] 汉斯力克:《关于音乐的美》,第 59 页。

瓦格纳对音乐的这种"可视化"一点儿都不感兴趣。达尔豪斯所描述的古典风格之成就，对于瓦格纳来说是音乐远离原来本质的一种异化，而贝多芬的功劳也正在于扬弃了该异化。他认为，贝多芬使音乐超越了那些借此可以外在地"转向直观世界"的"关系"[1]，超越了"审美意义上的美的领域而进入了彻底高尚的境界"[2]。（甚至也略微提到了一下贝多芬与克洛卜施托克之间的亲合性。[3]）瓦格纳认为，"音乐的韵律性乐段构造所具有的系统性结构，一方面可以使音乐与建筑之间存在可比性，另一方面也赋予了音乐一种通透性，正是这种通透性使音乐遭受了那一臭名昭著的误判——与造型艺术之间的类似性"[4]，"对称性时间顺序"[5]，现有作曲法中"规律的柱式序列"[6]，所有这一切都被贝多芬所扬弃了。即使贝多芬依旧使用传统的曲式（在瓦格纳看来，这种曲式与衰老的社会结构以及旧欧洲的宫廷生活相符），但每种曲式在他那里都如同"被画出的透明画"一般，只有在黑暗中，在被置于"夜的沉默"中时，才能通过其背后的灯光"以奇妙的方式在我们面前苏醒过来"。这种"内在之光"就是贝多芬的音乐，藏在图画背后的它使"第二个世界"明亮起来，并赋予了那些在日光下只能透明的平庸形式真正的意义。[7]

---

[1] 瓦格纳：《诗文选集》第9卷，第78页。
[2] 瓦格纳：《诗文选集》第9卷，第102页。
[3] 瓦格纳：《诗文选集》第9卷，第94页。
[4] 瓦格纳：《诗文选集》第9卷，第78—79页。
[5] 瓦格纳：《诗文选集》第9卷，第79页。
[6] 瓦格纳：《诗文选集》第9卷，第80页。
[7] 瓦格纳：《诗文选集》第9卷，第86页。

在瓦格纳那里，贝多芬不是维也纳古典派的高峰（这一概念在瓦格纳时代当然还不存在），而是其征服者。席勒理想中的音乐乌托邦是一种发出声响的"形象"，这在席勒美学的背后通过古典的器乐作品早已悄悄成为了现实，并且在汉斯力克的文章《论音乐的美》中形成了概念，在瓦格纳的理论中又作为音乐的"旧制度"被烧毁在不可重复的过往音乐史中。以贝多芬为榜样的音乐，对于瓦格纳来说就是高尚的象征，就是抛弃一切图像化美的形象及其带来的情感的安宁，是一种"过渡的艺术"，不再允许通过古典主义作曲法中那种同时性的通透结构达到艺术的净化。

从某些因素来看，这是一种向前古典主义时期音乐观的回归，克洛卜施托克正好能代表这种音乐观。独特的是，这种音乐观是伴随着在瓦格纳时代几乎已不复存在的"高尚观"而来的。瓦格纳在《贝多芬》一文中所阐述的重又复活的音乐意义上的"高尚观"，恰恰可以作为对克洛卜施托克诗歌结构的描述——也就是其"非直观性"。

瓦格纳写道，经历音乐正如同经历高尚，能够带来"视觉的反增长"[1]。通过"音乐在我们身上产生的效果"，视觉能力被剥夺，"以至于我们睁着眼睛也无法深切地观看"，甚至不再需要去观看。[2]被其内在音乐打动的克洛卜施托克不也一直是这样吗？音乐性的人在观看美的事物时，在"审美的满足"中，例如在观看造型艺术作品时，内心有时会有不充足感，会感到必须握紧拳头大喊："这真是一场戏！

<hr />

[1] 瓦格纳：《诗文选集》第9卷，第110页。
[2] 瓦格纳：《诗文选集》第9卷，第75页。

但也只是一场戏! 我如何抓住你,无限的自然?"[1]这就是在音乐中表现出来的高尚经验。"音乐[……]可以在自身内且为了自身而仅仅被*高尚*这一标准所判断,因为只要它充满我们,它就可以激起不受控制的意识中最高的狂喜。"[2]这种不受控制性正是高尚的基本体验,也就是音乐诗人克洛卜施托克的基本体验。其诗歌及音乐性的特征就源自这种前古典主义的音乐观。因此也就难怪要重新从美学前提出发才能理解他的诗歌,这种美学超越了任何古典主义作曲法的音乐观,这种美学将美的建筑学转化为一幅透明的画,在画的背后又有另一个世界,一个高尚的世界,一个延伸到宇宙之无限的世界,一个扩展到基本自然界之可测的恢宏与不可测的强大的世界,一个不需要让受到束缚的视觉感官看到而只要让外在及内在之耳达到的世界:通过克洛卜施托克在颂歌中持续不断赞颂的自然之音、宇宙之音。作为一种高尚的艺术,音乐只是从克洛卜施托克那里就获得了彼岸的尊严。只有怀着此般尊严,诗歌才能超越非永生的世界而达到升华。只有此般尊严才能将大地与天空连接起来,而这天空不仅是星辰的世界,也是超越尘世的生命之居所。

音　乐

只有非永生者才享有最愉悦、最纯粹的快乐,

唯独他们享受音乐?

---

[1] 瓦格纳:《诗文选集》第9卷,第71页。
[2] 瓦格纳:《诗文选集》第9卷,第78页。

难道不也被古弦琴或阿波罗的占有者享有?

    又或其他世界的居住者?

我们只是通过各种各样的触动,

    柔和抑或强大的气息,

来诱使生之音交出我们所构建的那些形式?

    声音自己可以歌唱吗?

他者岂不也可以使魔力的殿堂井然有序,

    岂不也可以达成步伐与关系?

勿有舛错! 你们怎知在那星光闪烁之处,

    岂不同样因音乐而欣喜?

怎知那高处没有奏得更响亮? 怎知更鲜亮的

    嘴唇没有用歌唱撼动心灵?

或许是自己将小树林的悉沙、西风的吹拂

    与溪流的潺潺相配合?

是自己将雷鸣暴雨与世界大洋相搭?

    又与千军万马的合唱相匹?

勿有舛错,不仅在星辰之处,也在天穹之上,

    因音乐而欣喜!